장강명

1975년 서울에서 태어났다.
연세대 공대를 나와 건설 회사를 다니다 그만두고
《동아일보》에 입사해 11년 동안 기자로 일했다.
2011년 장편소설『표백』으로 한겨레문학상을 받으며
작품 활동을 시작했다.『열광금지, 에바로드』로 수림문학상을,
『댓글부대』로 제주4.3평화문학상을,『그믐, 또는 당신이
세계를 기억하는 방식』으로 문학동네작가상을 받았다.
장편소설『호모 도미난스』, 연작소설집『뤼미에르 피플』이 있다.

KB109060

표지 그림 · 정수진「방향도 목적도」People in landscape, 2007, Oil on canvas,150x200cm
디자인 · 최지은

환영인사

한국어

한국이
싫어서

장강명
장편소설

민음사

차례

I 터틀맨

지명이랑은 내가 호주로 떠나는 날, 인천공항에서 공식적으로 헤어졌지. 그날 지명이가 자기 아버지 차를 몰고 와서 나를 공항까지 바래다줬어. 지지리 가난한 우리 집은 다섯 식구가 사는데도 자동차 한 대가 없었어. 지명이가 없었다면 흐물흐물한 이민 가방과 트렁크를 공항까지 들고 오는 것도 큰일이었을 거야.

지명이 운전석에 앉고, 나는 조수석에, 우리 엄마랑 아빠는 뒷좌석에 앉았지. 이민 가방과 짐 가방은 차 트렁크에 넣고. 이래저래 뻘쭘한 출국길이었어. 엄마는 뒷자리에서 "계나야, 언제든 힘들면 돌아오고, 가서 건강하고, 돈 아낀다고 먹는 거 너무 부실하게 먹지 말고……." 하는 레퍼토리를 세 번이나 되풀이했어.

탑승 수속을 할 때 무게 제한에 걸려 이민 가방을 풀고 밑바닥에 있는 책을 몇 권 꺼내야 했어. 아빠가 보따리를 싸듯이 바람막이 점퍼로 그 책들을 둘둘 싸서 가슴에 안았지.

"너는 다시 돌아올 거야. 난 알아. 그때까지 기다릴게."

출국장 앞에서 지명이가 나를 안으며 말했어. 몇 발짝 떨어진 곳에서 놀란 우리 부모님이 그 광경을 보시더라.

난 지명의 뺨에서 얼굴을 뗐어. 벌써 걔가 밉더라. 그런 말을 하다니. 너와는 이걸로 정말 이별이야. 공식적인 이별이야. 그렇게 생각하며 출국장에 들어갔지.

보안 검색 줄에 서기 전 뒤를 흘끔 돌아봤더니 엄마가 유리창 너머에서 손을 쉬지 않고 흔들고 있었어. 나랑 눈이 마주치자 뭐라 뭐라 말씀을 하셨는데 아마 "언제든 힘들면 돌아오고, 가서 건강하고, 돈 아낀다고 먹는 거 너무 부실하게 먹지 말고……."였을 거야. 아빠는 옷으로 싼 책을 들고 엉거주춤하게 서 계셨고. 슬퍼 보이는 얼굴로.

지명이는 그 옆에서 울고 있었어.

왜 한국을 떠났느냐. 두 마디로 요약하면 '한국이 싫어서'지. 세 마디로 줄이면 '여기서는 못 살겠어서.' 무턱대고 욕하진 말아 줘. 내가 태어난 나라라도 싫어할 수는 있는 거잖아.

그게 뭐 그렇게 잘못됐어? 내가 지금 "한국 사람들을 죽이자. 대사관에 불을 지르자."고 선동하는 게 아니잖아? 무슨 불매운동을 벌이자는 것도 아니고, 하다못해 태극기 한 장 태우지 않아. 미국이 싫다는 미국 사람이나 일본이 부끄럽다는 일본 사람한테는 '개념 있다'며 고개 끄덕일 사람 꽤 되지 않나?

내가 여기서는 못 살겠다고 생각하는 건…… 난 정말 한국에서는 경쟁력이 없는 인간이야. 무슨 멸종돼야 할 동물 같아. 추위도 너무 잘 타고, 뭘 치열하게 목숨 걸고 하지도 못하고, 물려받은 것도 개뿔 없고. 그런 주제에 까다롭기는 또 더럽게 까다로워요. 직장은 통근 거리가 중요하다느니, 사는 곳 주변에 문화시설이 많으면 좋겠다느니, 하는 일은 자아를 실현할 수 있는 거면 좋겠다느니, 막 그런 걸 따져.

아프리카 초원 다큐멘터리에 만날 나와서 사자한테 잡아먹히는 동물 있잖아, 톰슨가젤. 걔네들 보면 사자가 올 때 꼭 이상한 데서 뛰다가 잡히는 애 하나씩 있다? 내가 걔 같애. 남들 하는 대로 하지 않고 여기는 그늘이 졌네, 저기는 풀이 질기네 어쩌네 하면서 무리에서 떨어져 나와 있다가 표적이 되는 거지.

하지만 내가 그런 가젤이라고 해서 사자가 오는데 가만히 서 있을 순 없잖아. 걸음아 나 살려라 하고 도망은 쳐 봐야지.

그래서 내가 한국을 뜨게 된 거야.

도망치지 않고 맞서 싸워서 이기는 게 멋있다는 건 나도 아는데……. 그래서, 뭐 어떻게 해? 다른 동료 톰슨가젤들이랑 연대해서 사자랑 맞짱이라도 떠?

입국 심사대 앞에 서 있을 때 생리가 터졌어. 줄 선 시간이 아까워서 화장실에 갈까 말까 조금 망설였는데, 사실 망설일 상황이 아니었어. 생굴 같은 게 막 몸에서 빠져나가고 있었어. 화장실에 가서 봤더니 팬티에 이미 피가 꽤 묻어 있는 거 있지. 가방에 생리대가 하나 있기는 했는데 여벌 속옷은 당연히 없었지. 화장실에 있는 휴지로 최대한 피를 닦아내고 팬티에 생리대를 붙였어. 달리 방도가 없잖아.

스트레스 때문에 생리가 일찍 시작됐나 봐. 사실 비행기 안에서부터 이미 마음이 위축돼 있었어. "우드 유 라이크 섬씽 투 드링크?"라는 말을 못 알아들었거든. 스튜어디스가 같은 질문 세 번 하더니 그냥 콜라를 주고 가더라.

두근두근 뛰는 가슴을 진정시키며 방문 목적은 무엇입니까, 이 나라에는 처음입니까 같은 질문에 대비했는데 이민국 직원은 아무것도 안 묻더라. 여권 사진 한 번, 내 얼굴 한 번 보고 무성의하게 땡큐, 그리고 여권을 돌려줄 뿐. 여권을 받고 몇 걸음 앞으로 걸어간 뒤에야 "웰컴."이라고 하거나 "해브 어

나이스 데이."라고 했어야 했다는 생각이 들었어. 혼자 작은 목소리로 중얼거렸지. 나 자신에게.

"해브 어 나이스 데이."

그렇게 피를 흘리며 국경을 넘었어.

내 이민 가방은 당장이라도 터질 태세였어. 가방을 내릴 때에는 한 번에 안 내려져서 오히려 내가 컨베이어 벨트로 딸려 올라갈 뻔했어. 흐물흐물한 이민 가방에서 바퀴 소리가 덜덜 나는데 그 소리는 또 어찌나 큰지.

가방에서 속옷을 꺼내 화장실에서 갈아입으려고 했는데 그게 불가능했어. 트렁크랑 이민 가방이 너무 커서 그걸 들고는 화장실 변기 칸 안에 들어갈 수가 없었거든. 짐을 맡아 줄 일행도 없고. 별수 없이 피에 젖은 팬티를 입은 채로 세관 통과. '나씽 투 디클레어'라는 표현을 입으로 되뇌며 걸어갔는데 세관원은 내 가방을 가리키며 이렇게만 묻더라.

"킴치? 노 킴치?"

유학원을 운영하는 부부가 공항에 마중 나와 있었는데, 그 앞에서도 속옷을 꺼내기가 어쩐지 창피했어. 끝내 속옷을 못 갈아입고 차에 올라탔지. 부부가 나를 데려간 곳은 내가 일주일간 묵을 임시 숙소였어. 정원이랑 차고가 있는 2층 주택이었어. 그런 빨간 지붕 집들이 모여 있는 모습이 무슨 그림 같더라.

"너무 예쁘죠? 정식 숙소를 구하지 못하면 계속 이 집에서 머물러도 좋아요. 렌트비도 싸게 조정해 드릴게요."

수다스러운 부인이 차에서 내리며 말했어. 내 가슴은 그때서야 겨우 조금 부풀어 올랐지.

그런데 부인이 그 집 정문으로 들어가지 않더라고. 부인이 연 문은 본채 옆에 있는 차고의 문이었어. 다섯 평 남짓한 차고를 개조해서 거기에 책상과 침대를 놓고 셋방으로 쓰고 있었던 거야. 그 임시 숙소의 하루 렌트비가 어지간한 비즈니스호텔의 숙박비보다 비싸다는 건 좀 더 시간이 지난 뒤에야 알았지.

이민을 가야겠다는 생각을 하기 전에는, 쉰쯤에 은퇴를 하고 제주도에 가서 사는 상상을 자주 했지. 그때 생각은 이랬어.

그때까지 모은 돈으로 제주도에 허름한 아파트를 사는 거야. 거기서 산다면 되게 규칙적으로 매일 일정한 시간에 일어나고 일정한 시간에 잘 거야. 그리고 집에서 요리를 할 거야. 반찬은 간소하게 두세 가지만 먹을 건데 내가 직접 만들거야. 치킨을 먹고 싶을 때 치킨을 먹을 수도 있지. 수도사처럼 산다는 게 아니야. 평범한 날에는 그렇게 아침을 먹고 아침에 일어나면 커피를 한 잔 마시면서 책을 좀 읽다가 밖에

나가서 바닷가 근처에서 달리기를 할 거야. 헬스클럽에 돈을 쏠 여유는 없을 거 같아. 밖에 나가서 스트레칭하고 달리기를 해야지. 그다음에 도서관에 가서 책을 빌려. 그래서 그 책을 되게 많이 읽을 거고, 또 악기를 배울 거야. 시간이 많으니까 두 가지를 배워도 돼. 연습을 되게 많이 할 수 있겠지. 시간이 많으니까.

그리고 그쯤 되면 상추 같은 작물을 텃밭에 키우고 싶기도 해. 생각해 봐라? 집에서 물을 주는데 이 물 주는 애들이 열매를 맺어. 되게 좋지 않아? 귀농이 어렵다지만 그건 사업으로 하려니까 힘든 거지, 하루에 20~30분 허리 굽히고 땅을 조금 갈아 준다거나 하는 일이 전부일 텐데 그게 그렇게 힘들까. 그런 건 할 수 있어. 그리고 수영을 배워서 물속에서 막 자유롭게 슉슉 다니고 싶어. 수영장에서 턴 찍고 인어 공주처럼 잠수도 오래 하고.

그리고 서울은 1년에 한 번만 올라와. 대신 한 번만 올라오니까 와서 일주일 정도 잘 수도 있을 거야. 그때 가족도 만나고 필요한 것도 사고 공연을 볼 수도 있고 친구를 만날 수도 있겠지. 그렇게 살다가 예순이 되면 죽는 거지. 더 오래 살아서 뭐해? 10년 그렇게 살면 됐지. 가만 생각해 보면 지금 그렇게 고생하며 회사에 다니는 것도 예순부터 여든까지 좀 편히 살려고 그러는 거잖아. 그런데 사실 은퇴를 늦게 하면 늦게 할수록 돈이 더 들어. 왜냐하면 나이가 들면 몸이 이곳저곳 고장 나니까. 병원도 가야 하고 물리치료도 받아야 하고. 은퇴를 앞당기면 그런 자유로운 생활을 건강한 상태에서 할 수 있어.

어차피 죽을 때는 자살을 해야겠다고 마음먹고 있었거든. 비실비실거리면서 아흔 살이고 백 살이고까지 사는 건 생각만 해도 끔찍해. 그렇다면 여든에 자살하든 예순에 자살하든 똑같지 않나? 은퇴를 아예 5년 더 당기면 어떨까? 마흔다섯부터 10년 동안 여유 있게 살고 쉰다섯에 죽을 수도 있겠네. 이 얼마나 아름다워.

한국에서 회사 다닐 때는 매일 울면서 다녔어. 회사 일보다는 출퇴근 때문에. 아침에 지하철 2호선을 타고 아현역에서 역삼역까지 신도림 거쳐서 가 본 적 있어? 인간성이고 존엄이고 뭐고 간에 생존의 문제 앞에서는 다 장식품 같은 거라는 사실을 몸으로 알게 돼.

신도림에서 사당까지는 몸이 끼이다 못해 쇄골이 다 아플 지경이야. 사람들에 눌려서. 그렇게 2호선을 탈 때마다 생각하지. 내가 전생에 무슨 죄를 지었을까 하고. 나라를 팔아먹었나? 보험 사기라도 저질렀나? 주변 사람들을 보면서도 생각해. 너희들은 무슨 죄를 지었니?

여자들더러 아이 많이 낳으라는 사람들은 출근 시간에 지하철 2호선 한번 타 봐야 해. 신도림에서 사당까지 몇 번 다녀 보면 그놈의 저출산 이야기가 아주 쏙 들어갈 텐데. 그런데 그런 소리 하는 인간들은 지하철을 타고 다니지 않겠지.

내가 다닌 회사는 W종합금융이라는 회사였어. 그냥 대기업 다 떨어지고 아무 데나 넣어서 된 회사지. 내가 다닐 때는 이름이 W종합금융이었는데 나중에 W증권으로 이름을 바꿨지. 그래, 몇 년 전에 W증권 사태라고 해서 직원들 자살 많이 한 그 회사야.

친구들이 "자격증도 없이 어떻게 금융회사에 취직했어?"라고 많이 물었는데 어떻게 붙었는지는 나도 모르지. 우리 다들 자기가 회사에 어떻게 붙었는지, 아니면 왜 못 붙는지 모르잖아. 사장님이 지원자들 얼굴 보고 대충 뽑는 거 아닐까.

근데 W종합금융은 말이 금융권이지, 보수는 엄청 짜고 업계 평가도 안 좋았어. 금융권 준비하는 애들한테는 상호저축은행 바로 위인 회사 정도? 나야 감지덕지였지만. 솔직히 나도 길거리 보도블록처럼 흔한 인재잖아. 개뿔, 잘난 거 하나도 없는데 뭐.

어쨌거나 대학 졸업하고 바로 취직을 하게 돼 한숨 돌렸지. 거기 아니라 다른 데 붙었더라도 아무 데나 갔을 거 같아. 그러면 또 인생이 어떻게 바뀌었을지 모르지. 나의 장기적인 커리어를 생각해 본 적은 한 번도 없어. 그냥 백수가 되지 않고 다달이 월급을 받는 게 중요했어.

나는 카드 부문, 신용관리팀의 승인실이라는 곳에서 일했어. W종금이 외국 회사랑 제휴를 맺고 신용카드를 발행했는데, 이게 부자들 사이에서는 연회비가 비싼 대신 한도가 없는 카드로 유명했어.

근데 사실 그게 뻥이야. 한도가 있지만 고객이 자기 카드에 한도가 있다는 걸 모르는 거야. 어떤 사람이 갑자기 고액 결제를 한다, 그 순간에 승인실에서 그 사람 결제를 승인해 줄지 안 해 줄지 결정하는 거지. 모든 카드 결제가 다 우리한테 올라오는 건 아니고 자잘한 건 다 자동으로 컴퓨터가 승인해 줘. 그런데 매달 50만 원 정도 쓰던 사람이 갑자기 1000만 원짜리 다이아를 산다, 그러면 컴퓨터가 우리한테 그 거래를 보내는 거야. 카드 주인한테는 가맹점에서 "결제가 늦어지네요, 잠깐만 기다리세요." 이러고 설명을 하지. 그 시간이 길어지면 그 고객은 당황해서 가 버리거나 다른 카드로 긁어.

그러니까 우리는 컴퓨터가 보내오는 거래를 승인할 건지 안 할 건지를 5분 안에 판단해야 돼. 그런데 이걸 어떻게 판단하느냐, 그게 매뉴얼이 딱히 없어. 되게 주관적이야. 고려해야 할 게 많거든. 예를 들어 같은 거래라도 백수는 안 되지만 직업이 의사면 괜찮아. 그래서 과거 연체 기록 떼 보고 그 사람 사는 집이 자가인지 전세인지 그런 걸 다 봐. 직업, 나이, 생년월일, 주소, 지난달 승인 내역, 어느 가맹점에서 뭘 사려고 했는지 그런 게 화면에 자동으로 다 떠. 가맹점이 강원랜드 근처다, 그런데 사려는 물건이 금이나 차다, 이러면 내가 결정 못하지. 위로 올려.

승인이 안 나면 고객들은 그제야 자기 카드에 한도가 있다는 걸 알게 되지. 그러면 항의를 해. 일단은 그런 항의 전화를 콜센터에서 받는데, 거기서 설명이 안 되면 우리한테 넘겨 줘. 그 전화 받는 게 아주 힘들어. 대부분 사람들이 막 화를 내거든. 한도 없다더니 왜 이러는 거냐면서. 설명은 이런 식으로 하지. 이번에 한해서 특별히 뭐 때문에, 예를 들어 고객님의 2년 전 연체 기록이 남아 있어서 이게 몇 년 정도 지나야 사용이 가능합니다. 대개 그런 설명을 들어도 납득을 못하지. 진상 떠는 사람도 있고 욕하는 사람도 있어.

회사에서 일할 때에는 아무 생각이 없었던 거 같아. 내가 어떤 조직의 부속품이 되어서 그 톱니바퀴가 되었다 해도, 이 톱니바퀴가 어디에 끼어 있고 이 원이 어떻게 굴러가고 이 큰 수레가 어느 방향으로 가고 그런 걸 알았다면 좋았을 텐데. 난 내가 무슨 일을 왜 하는지도 모르겠고 이 회사는 뭐 하는 회사인지 모르겠고, 온통 혼란스러웠달까. 아니 아예 알려고 하지도 않았지. 중고생과 다름없었던 거 같아.

그러니까 일이 당연히 재미가 없고, 일이 재미있다는 말이 뭔지도 모르고, 하고 싶은 일? 그게 뭔 소리야. 고객들 컴플레인하면 그건 듣기 싫고, 회사에는 정을 주지 않고 뚱하니 앉아 있었으니……. 그때 나랑 같이 일했던 사람들은 참 착한 사람들이었다 싶어. 신입이면 응당 사근사근해야 하잖아. 선배들한테 먼저 다가가고 이런 게 있어야 하는데 난 남이 뭘 물어보기 전에는 말도 안 하고 있었으니 지금 생각해 보면 다른 사람들이 나랑 밥 같이 먹어 준 것도 신기해. 나 같은 애가 딱 직장 내 왕따감 아니었을까 싶은데.

그때 하나 재미있었던 게, 연예인들이 그 당시에 이 카드를 많이 갖고 다녔거든. 좀 있어 보이는 카드라서. 그런 연예인들 사용 내역을 검색하면 볼 수 있었어. 시스템에 이름만 넣으면 다른 개인 정보는 다 떴거든. 네이버에서 연예인 실명 검색해서는 많이 조회해 봤지. 얘 봐라 얘, 돈 엄청 많이 쓰네. ○○○은 어느 명품 단골이구나, ○○○은 무슨 화장품 쓰는구나. 이런 거. ○○○은 결혼식 전날 룸살롱 갔고, ○○○은 며칠 전에 모텔에서 잤고. 이건 다 여자 물건들인데 얘는 이걸 왜 산 거야? 여자 생긴 거 아냐?

회사는 3년 좀 넘게 다녔어. 나중에는 하루하루가 벗어나고 싶은 생활의 연속이었지.

일단 일 자체가 되게 단순 작업이야. 이 일을 해서 승진을 할 거 같지도 않고, '힘들지만 재미있어.' 그런 것도 아니고, 월급을 많이 주는 것도 아니고.

그래도 나름 규모가 있는 회사다 보니까 승인실 있다가 다른 부서 가는 사람도 있더라고. 그래서 그런 걸 기대하기도 했어. 2년 정도 지난 다음에 부서를 옮겨 달라고 했더니 옮겨 준다고 하면서도 몇 달 지났는데도 안 옮겨 주더라. 말해서 될 건 아니구나 생각이 들었지.

부서 옮겨 달라는 건 팀장한테 얘기했어. 다른 데로 막연히 옮겨 달라고 했어. 지금 생각해 보면 "어느 팀에 가고 싶어요."도 아니고, 다른 팀이 뭘 하는지도 몰랐고 뭘 하고 싶은지도 몰랐어. 팀장이 그러더라.

"계나 씨, 승인실이 여자들 일하기엔 괜찮은 곳이야. 사실 영업으로 가는 건 손만 들면 언제든 갈 수 있는데, 영업 가도 괜찮아?"

그건 싫다고 했지. 가뜩이나 모르는 사람들 만나면 말도 제대로 못하던 땐데, 내가 영업을 어떻게 해. 그랬더니 팀장이 다시 그러더라고.

"조금만 기다려 봐. 인사나 총무 쪽에 티오가 나면 계나 씨를 1순위로 추천해 줄게."

그런데 그런 일은 없었지. 나중에 사표 쓴다고 하니까 팀장이 따로 불러서 고기를 사 주더라. 삼겹살이랑 항정살. 나한테 두 달만 버티라고 했던 거 같아. 자기 아랫사람이 별 이유 없이 퇴사하면 인사고과 평가가 낮아지잖아. 그래서 평가 지나갈 때까지만 버텨 달라고 했던 거 같아. 지금 생각해 보면 더 버틸 수도 있었을 거 같은데 그때는 '왜 이래? 넌 내가 말하는 거 하나도 안 들어주고.' 그렇게 생각했지. 그래서 매몰차게 "싫은데요." 이러고 그만뒀어. 이제 와서 생각해 보니 두세 달 더 다닐걸 그랬나 싶기도 하다. 그 사람한테는 나름 중요한 문제였을 텐데.

그래도 내가 하도 징징거리니까 근무조를 바꿔 주긴 하더라. 낮에 일하는 조가 있고 밤에 일하는 조가 또 있었거든. 밤에 일하면 몸이 힘든 반면에 좋은 점도 있었어. 일단 밤에는 거래가 많지 않으니 일도 편하고, 또 밤에 출퇴근할 때에는 복장이 자유야. 그건 되게 좋더라. 청바지에 운동화 신고 갔다. 그때 공부할 시간이 많았는데 회계사 공부 같은 거라도 할걸. 그때는 회계사가 뭔지 내가 아나. 아둔했지.

밤에 일하니까 또 좋았던 게, 그때까지 혜나 언니랑 동생 예나랑 한 방에서 잤거든. 다 큰 여자애 셋이 한 방을 쓰니까 얼마나 힘들어. 그런데 밤에 일하니까 잘 때 나 혼자 자잖아. 그런 건 또 좋더라. 은행 업무 보고, 쇼핑하고, 그런 바깥 일보는 것도 쉬워. 그런 걸로 인한 장점은 쏠쏠했다.

아, 이런 것도 있었다. 낮에는 매일 점심에 사람들이 질리지도 않고 김치찌개 아니면 된장찌개를 먹는 거야. 나는 '아 오늘도 또' 이러면서 그런 데 따라갔지. 정말 찌개 먹기 지긋지긋하던 차에 밤 근무로 바뀌니까 좋아하는 메뉴 마음대로 먹을 수 있게 돼서 좋더라. 밤에는 도시락 사 와도 되고 시켜 먹어도 돼.

대신에 밤에 근무해서 확실히 나빠진 게, 금융회사가 원래 이런저런 정신교육이 많거든. 있잖아, 구호 외치고 그런 거. 그런데 그걸 다 낮에 해. 낮에 그 교육을 받으러 회사에 가자면 진짜 어디서 차라도 한 대 인도로 돌진하지 않나 싶은 생각이 들어. 차에 치여서 팔이나 다리라도 부러지면 좀 쉴 수 있을 거 아냐.

제주도에 갈 게 아니라 이민을 가야겠다는 생각을 처음 한 것도 그런 교육 받고 뒤풀이로 회식하던 때였어.

승인실은 대부분 여직원이거든. 전체 스무 명 중에 여직원이 열다섯 명인가 열여섯 명인가 그랬어. 그런데 그날따라 팀장이 회식 자리에서 그렇게 음담패설을 늘어놓더라고. 자기 딴에는 부하 직원들한테 점수 좀 따고 싶었나 봐. 그 몇 시간 전에 외부 강사가 직원들한테 각자 자기 동료들을 얼마나 신뢰하는지 그래프를 그리게 했는데, 이 양반이 거기서 부하들을 전혀 신뢰하지 않는다는 게 딱 걸렸거든. 그래서 자기도 무안했나 봐.

팀장이 카드 영업하는 아줌마들 관리하다 왔거든. 어디서 주워들은 섹드립은 많더라. 영업하는 아줌마들은 그런 음담 패설 좋아하나? 그런데 우리들은 이거 성희롱이라고 한마디 해야 되나 말아야 되나 망설이고 있었어. 분위기도 애매해지고 팀장 오버하는 것도 보기 싫고 하니까 1차 빨리 정리하고 2차로 노래방에 갔지.

몇 안 되는 남자 직원 중에 하나가 마이크 잡고 「고해」를 부르더라.

"이 노래 가사 꼭 유부녀랑 바람피운 남자가 남편한테 비는 내용 같지 않아요? '제 자리가 아님을 알며 감히 그녀를 탐함을 용서하시고', '용서해 주세요, 벌하신다면 저 받을게요'……."

내 옆에 앉은 후배가 남자들은 이 노래를 왜 그렇게 좋아하냐며 얘기하는데 그 말 듣다가 웃겨서 맥주를 입 밖으로 뿜었어. 다음 곡으로 팀장이 「빙고」를 부르더라. 「빙고」도 아저씨들이 참 좋아하는 노래지. 고참 언니들이 팀장 체면 세워 주자고 자리에서 일어나 무대로 나갔어.

"맨주먹 정신! 다시 또 시작하면! 나 이루리라 다~, 나 바라는 대로!"

나도 무대로 나가야 하나 말아야 하나 망설이다가 그냥 자리를 지켰어. 그래도 딴청을 피우기는 좀 그래서 앉은 자리에서 탬버린 치면서 노래를 따라 불렀어.

"지금 내가 있는! 이 땅이 너무 좋아! 이민 따위 생각! 한 적도 없었고요!"

젊은 남자들이 「고해」 노랫말에 빠지는 이유는 알 것 같아. 예쁜 여자들이 자기한테는 눈길조차 주지 않으니까 좌절감이 들 거 아냐. 그 좌절감을 어찌해야 할지 몰라 전전긍긍하다가 자백의 길을 택하는 거지. 그게 된장녀 어쩌고 하며 못 먹는 감에 돌 던지는 못된 심보보다는 낫다고 생각해.

중년 남자들이 「빙고」를 부르는 이유는 다들 너무 힘들어서 아닐까. 다들 이 땅이 너무 싫어서 몰래 이민을 고민하는 거지. 그걸 억지로 부정하고 자기 자신한테 최면을 걸고 싶은 거야. "모든 게 마음먹기 달렸어."라고, "쉽게만 살아가면 재미없어."라고. 그런데 이민을 가면 왜 안 되지? 그때 그런 생각이 들었어.

몇 년 뒤에 호주에서 「빙고」를 부른 가수 소식을 들었어. 난 그때 다른 여자애 두 명이랑 방을 같이 쓰고 있었지. 호주에는 원룸이나 기숙사가 없어서, 한국인 유학생들은 보통 집하나를 빌려서 열 명 정도 같이 살거든. 한 방에 세 명씩. 그런 걸 '닭장 셰어'라고 해.

"계나 언니, 그거 알아요? 터틀맨이 죽었대요."

옆 침대에 엎드려서 노트북으로 인터넷을 하던 여자애가 고개를 들고 말했어.

"터틀맨? 터틀맨이 누구야?"

내가 물었어.

"터틀맨 있잖아요. 그 노래 몰라요? 아싸 또 왔다, 나! 기분 좋아서 나! 노래 한 곡 하고, 하나 둘 셋 넷!"

"그거 「빙고」잖아. 그거 부른 사람 이름이 터틀맨이었어? 거북이 아니었나?"

또 다른 여자애가 고개를 들고 대화에 끼어들었어.

"거북이가 그룹 이름이고 거기 남자 리드 보컬 이름이 터틀맨이었어요. 어쨌든, 그 터틀맨이 죽었대요."

"왜?"

나랑 다른 여자애가 동시에 물었어. 우리 두 사람의 관심을 얻는 데 성공한 노트북 주인이 신나서 방금 읽은 뉴스를 떠벌떠벌 읊었지. 터틀맨이 지병이던 심근경색으로 자택에서 사망했다는 이야기, 심근경색 치료비가 많이 들어 궁핍하게 살았다는 이야기, 소속사와 돈 문제로 갈등을 벌이다 새로 회사를 차렸는데 잘 안 돼서 빚을 지고 매니저 일까지 해야 했다는 이야기.

"완전 희망찬 노래들만 부르더니……."

제일 바깥쪽 침대를 쓰는 아이가 어이없어했어.

가운데 침대 아이가 터틀맨 이야기를 이어 가는 동안 나는 「빙고」의 가사를 머릿속으로 떠올리고 있었어. 그 노래 마지막 부분이 이렇지 않던가? "이 내 삶이 끝날 그 마지막 순간에 나 웃어 보리라 나 바라는 대로." 터틀맨은 마지막 순간에 과연 웃으며 눈을 감았을지 궁금하더라. 아니었을 거야, 아마…….

그즈음에 터틀맨 부고만큼이나 개인적으로 쇼킹했던 뉴스가 또 있었는데, 바로 W증권 직원 자살 사태였어. 그중에 어떤 분은 "회장님 이러실 순 없는 거 아닌가요. 제 고객님들 돈 꼭 돌려주십시오."라고 유서를 남겼다지.

W그룹이 경영이 어려워지니까 증권사 직원들한테 할당량을 주고 건실한 거라면서 계열사 회사채랑 어음을 팔게 했어. 그런데 건실은 개뿔. 몇 달 있다가 그 회사들이 부도가 났어. 직원들한테 사기를 치게 한 거지. 완전 양아치 짓거리 아냐?

이게 나한테 왜 쇼킹했냐 하면, 어쩌면 한국에 남아서 계속 W종합금융에 다녔더라면 나도 그런 어음을 팔았을 수도 있어서야. W종금 카드 부문이 없어졌거든. 그 외국 카드가 한국에 직접 진출하는 바람에. 그래서 회사 이름도 W증권으로 바꿨지. 카드 부문에 있던 사람들은 대부분 증권 영업으로 갔다고 들었어.

　내가 한국에 남아 있었더라면 그런 거대한 톱니바퀴에 저항할 수 있었을까. 아니었을 거야, 아마······.

2 별도령

시드니 도착 다음 날에 차에 치여 죽을 뻔했어. 길을 건너다가. 이 나라에서는 자동차가 좌측통행이라는 사실을 잊고 왼쪽만 흘끗 살핀 뒤 건넜거든. 승용차 한 대가 끽 소리를 내며 정말 내 코앞에서 멈췄지.

차에서 운전자가 내리기에 한 소리 들을 걸 각오했지. 이렇게 실전 영어를 배우는 건가……. 그런데 승용차에서 내린 할아버지는 "아 유 오케이? 오케이?"라고 연신 물으며 내 안부를 살피더라. 할아버지가 인상도 되게 푸근하게 생겼어. 내가 괜찮다고 했더니 하늘을 보며 과장되게 감사하다는 인사까지 하는 거 있지. 한국 아저씨들과는 천지차이었어. 그리고 서양 남자들은 보디랭귀지가 왜 이렇게 매력적이야?

그렇게 기차역까지 두어 블록을 걸어가는데, 오랫동안 상상하고 기대하기만 했던 일이 눈앞에 현실이 되어 있다는 사실에 기분이 너무 들뜨더라. 땅덩이 넓고 사람 적은 나라라더니 확실히 그랬어. 기차역까지 걸어가는 동안 자동차는 여러 대 봤어도 걸어 다니는 사람은 하나도 못 봤거든. 아현동 뒷골목이 떠오르더라고. 아현동 뒷골목에는 '촛불'이니 '만남'이니 '개미굴'이니 하는 코딱지만 한 술집이 많아. 용화선녀니 처녀보살이니 하는 점집도. 자동차라도 한 대 골목에 들어오면 옆으로 서서 더러운 담장에 등을 붙이고 길을 내줘야 해.

교차로에 서서 주변을 한 바퀴 둘러보는데…… 네 방향으로 뻗은 길 어느 곳에도 사람이 보이지 않는 거야. 좀 당혹스럽기도 하고 해방감이 들기도 하고, 뭐랄까, 설렘, 고독감, 쓸쓸함 같은 감정들이 막 뒤섞여서 들더라. 네 방향으로 뻗은 길 끝이 무슨 그림 같아. 파란 하늘에 닿아 있어. 길이랑 하늘이 닿은 면에서는 반짝반짝 빛이 나고.

그리고 그 햇빛! 눈이 부셔서 고개를 어느 선 이상으로 들 수가 없을 지경이었어. 여기 사람들이 선글라스를 쓰고 다니는 게 폼이 아니란 걸 그제야 알겠더라.

행복했지. 사실 출퇴근 다음으로 한국에서 견디기 힘들었던 게 추위였거든. 한국에 있을 때에는 매년 9월만 되면 벌써 올해 겨울은 얼마나 추울까, 내가 과연 버틸 수 있을까 하는 두려움에 빠졌어. 농담이 아니라 매해 겨울 동상 위기를 겪었어.

추워지면 손가락과 발가락 속에서 작고 단단한 알 같은 게 생기거든. 그게 막 간질간질 저릿저릿해지면서 거기서 열이 발생해. 그 열이 팔다리로 뻗어 나가. 어릴 때에는 겨울이면 그런 인체 발열 현상이 빨리 발생하길 늘 빌었지. 나이가 들고 나서 그게 동상의 초기 증세라는 걸 알고 정말 소스라치게 놀랐어.

1월에는 집 안에 있어도 그런 발열 현상이 일어났어. 워낙 오래된 빌라라서 낡기도 낡았고 마감재나 창틀이 애초부터 허술하기 이를 데 없었거든. 10월이면 아빠가 두꺼운 김장 비닐을 가져와서 창문을 그 비닐로 다 씌워. 그런데 그래도 한 겨울에는 밖에서 찬 공기가 술술 들어와. 비닐이 바람을 받아 안으로 오목하게 빵빵해지는 게 보여. 그런 날이면 아무리 보일러를 돌려도 바닥에 닿는 부위만 따뜻한 거야. 다른 데는 덜덜 떨릴 정도로 추워. 누워 있어도 코끝이 시려.

'시티'라고 하는 시드니 도심은 교외 주택가와는 분위기가 또 달랐어. 마침 점심시간이라 사람들로 북적거렸는데, 그 풍경이 또 나름대로 멋있더라고. 특히 정장 입은 회사원들이 계단에 앉아서 샌드위치나 미트파이 같은 음식을 먹는 모습이 그렇게 좋아 보이더라.

시티에서 한 블록을 걷는 동안 점점 기분이 업되더라고. 가슴을 쫙 펴고 다른 사람들의 눈을 똑바로 쳐다보며 걷게 됐지. 10분 정도 걷다가 내가 왜 그랬는지 이유를 알게 됐는데…… 거리에 있는 여자들 중에 나보다 날씬한 사람이 없었던 거야. 호주 여자들은 정말 90퍼센트 이상이 몸매가 평퍼짐해. 한국에서는 듣도 보도 못한 수준의 비만인도 드물지 않아. 내가 항상 엉덩이랑 허벅지에 살이 많아서 콤플렉스였거든. 그런데 여기서 내 엉덩이는 그냥 작고 귀여운 엉덩이야. 이제 웃도리로 하체 가리고 다닐 필요 없겠구나, 못 입던 옷도 막 입을 수 있겠구나 싶더라.

유학원은 시티 한복판의 고풍스러운 건물 3층에 있었어. 사무실이 열 평쯤 되더라. 벽에는 각종 광고 전단이 빽빽하게 붙어 있었어.

사장 부부 중에 남편은 안 보이고 부인만 혼자 전화로 열심히 상담을 해 주고 있더라.

"그 메일 한번 읽어 보세요. 중간에 '비자 그랜트 넘버'라고 쓰여진 부분이 있어요? 세 번째나 네 번째 단락일 거예요. 있어요? 그러면 제일 마지막 문장 한번 읽어 보세요. '위 호프 댓 유 인조이 유어 스테이 인 오스트레일리아.' 그렇게 써 있어요? 네, 그럼 승인된 거예요."

유학원이라는 곳은 초짜 유학생들에게 영사관 같은 곳이야. 비자 발급 수속부터 숙소 잡는 거, 학원이랑 학교 등록하는 일까지 다양한 서비스를 제공하지. 그렇다 해도 뭘 저런 것까지 국제전화로 물어봐? 주변에 영어 할 줄 아는 사람도 없나? 아니 그보다, 호주에 올 생각이면 비자 승인 메일 정도는 해석할 영어 실력을 갖춰야 하는 거 아니야?

그사이에 내 또래로 보이는 남자애가 한 명 더 유학원에 들어왔어. 나처럼 엉거주춤한 자세로 사무실을 두리번거리더라고. 남자애가 아닌 척하면서 이쪽을 흘끔흘끔 보기에 나도 무의식적으로 새침을 떨었지.

남자애는 하는 짓이 좀 웃겼어. 센 척하는 게 훤히 보여서. 왜, 있잖아, 스포츠머리를 괜히 손으로 문지르고 눈을 이리저리 굴리고 그러는 거.

"미안해요, 오래 기다렸죠? 아, 거기 재인 씨도 왔네요? 두 분 서로 인사하세요. 다음 주부터 학원 같이 다니실 분들이에요. 두 분이 같은 반이에요, 아카데믹 퍼포즈 코스."

통화를 마친 유학원 아주머니가 호들갑을 떨며 남자애와 나를 서로 소개시켜 주었어. 내가 인사를 하는데 남자애는 또 센 척하느라 나한테 눈길도 제대로 주지 않고 엉뚱한 곳을 쳐다보며 고개만 까딱.

"두 분이 오늘 같이 다니시면 되겠네. 버스랑 트레인 타는 법도 익히고 휴대폰도 개통하고, 학교랑 학원도 같이 가 보시고. 오페라하우스도 들러 보세요."

유학원 아주머니가 지도 한 장을 나와 재인이라는 남자애한테 내밀었어.

"……그냥 혼자 다니는 게 좋은데."

유학원이 있는 건물을 나올 때 남자애가 들릴락 말락 한 소리로 중얼거리더라.

"그럼 혼자 다니세요. 저도 여기 거리 구경하고 사진 찍으면서 천천히 걷는 게 좋아요."

내가 뒤를 돌아 그 녀석에게 말했어.

"나도 그러고 싶은데, 지도가 한 장뿐이잖아."

재인이 대꾸했어. 어이가 없어서 잠깐 말문이 막히더군.

"그런데, 그쪽은 몇 살이세요? 왜 초면에 반말이세요?"

내가 물었지. 알고 보니까 심지어 이 남자애 나보다 한 살이 어린 거야. 그래서 나한테 누나라고 부르라고 했더니 고개 까닥까닥거리면서 싫대.

"난 원래 위로 열 살까지는 맞먹어. 그리고 여긴 한국이 아니라 호주잖아. 호주에서는 호주 법을 따라야지. 너, 그런 정신으로는 여기 적응 못한다."

나는 기가 막혀서 몸을 떨었지. 그럼에도 그날 오후는 재인과 함께 보냈어. 그놈의 '센 척'에 끝내 속아서. 내가 좀 길

치거든. 애가 옥스퍼드 스트리트니 킹 스트리트니 하는 거리 이름을 주워섬기는데 거기 깜빡 속아 넘어간 거지.

같이 다녀 보니까 애 완전 또라이더라고. 호주 사람을 붙잡고 한국어로 길을 물어보지 않나, 아무리 그게 여자 이름이라고 가르쳐 줘도 자기 영어 이름은 '제인(Jane)'으로 하겠다고 우기질 않나. 위로 열 살까지는 존댓말 안 쓴다는 말도 거짓말이 아닌 거 같더라.

휴대폰 가게에서 내가 드디어 못 참고 폭발해 버렸지. 그 또라이가 나한테 이렇게 말했거든.

"와, 너 영어 진짜 못한다. 어떻게 한마디를 못하냐?"

"야, 진짜, 아오, 빡쳐. 너처럼 '핸드폰, 하우 머치?' 이런 식으로 백날 콩글리시 해 봤자 영어 하나도 안 늘거든? 그리고 핸드폰이 아니라 셀룰러 폰이라고 해야 하는 거거든?"

"뭐 어때? 걔들도 알아듣잖아."

"야, 동남아 사람들이 우리나라에서 어설픈 한국어로……. 아니, 됐다. 관두자. 이제 네 갈 길 가. 난 내 갈 길 갈 테니. 다음 주에 학원에서 보자고."

나는 손을 흔들고 뒤를 돌아 성큼성큼 걸어갔어. 그런데 몇 걸음 가다 보니 재인이 뚱한 표정으로 나를 따라오고 있더라고. 걔나 나나 오페라하우스로 가고 있었던 거지.

내가 호주 이민을 고려 중이라고 하니까 미연이랑 은혜는 "정말? 대단하다, 멋지다." 그러더라. 《딴지일보》에서 읽은 '호주 시민권 취득하는 법' 기사 내용을 아이들에게 설명해 주는 동안 내가 호주에 가는 게 어느샌가 기정사실이 되어 버렸어.

"너희들 김장비라는 말 들어 봤냐? 우리 시어머니 년은 그렇게 보내지 말라고 해도 꾸역꾸역 김치를 몇 통씩 보내고 하는 말이, 미안하면 김장비나 두둑이 달래. 아오, 김치는 또 존나 짠데 거기에 막 생선 들어가 있고 굴 들어가 있고 그래. 그런 거 좀 넣지 말라고."

학교 근처 카페에서 브런치를 먹는 내내 은혜는 시어머니 흉을 봤어. 미연이가 "그러게 누가 그렇게 결혼 일찍 하래?"라고 은혜를 쏘아붙이고 자기 이야기를 시작했지.

"난 내가 뭘 하는지 모르겠어. 내가 컴맹인 거 너희들 다 알잖아? 연수 몇 달 받았다고 내가 IT 전문가가 될 수 있는 거야? 나 컴퓨터고 프로그래밍이고 하나도 모르겠는데 이제 3년 차라고 여기, 여기, 여기, 하고 불러 주면서 이 고객사들을 나보고 담당하라는 거야. 밤에 누워 있으면 정말 잠이 안 와. 어느 사이트가 갑자기 내일 멈추면 어떻게 하지? 내가 그걸 살려 낼 수 있을까? 나 왜 IT 회사 들어왔어? 아, 나 어떻게 해?"

밥을 먹은 뒤에 우리 셋은 "좀 걷자."며 학교 캠퍼스로 들어가 대운동장 계단에 앉았어. 또 폭풍 수다를 떨었지. 마침 운동장에서 남자애들이 농구를 하더라고. 한 팀이 웃통을 다 벗고 있더라. 덕택에 우리만 눈 호강했지.

잠깐 수다를 떤 것 같은데 운동장 계단에 자리를 잡고 앉은 지 한 시간이 훌쩍 지나 있더라. 셋 다 무지하게 술이 고파졌는데 초여름의 따뜻한 공기가 너무 좋아 그냥 거기서 술을 마시기로 했어.

난 초여름이 정말 좋아. 햇빛이 쨍쨍하고, 적당히 습기를 머금은 부드러운 바람이 불고, 하지만 공기는 아직 후텁지근하지 않고⋯⋯. 그런 날에는 해가 지면 할 일이 없어도 괜히 마음이 싱숭생숭해져 밖으로 나오게 돼. 하늘거리는 민소매 옷을 입고, 뭔가 모험거리를 찾아서. 젊은 남자한테서 나는 암내랑 가로수 아래서 올라오는 비릿한 물 냄새 같은 게 섞여서 대기 중에 둥둥 떠다니는 것 같지. 모두가 야릇한 흥분 상태에 있기 때문에 살짝만 불꽃이 튀어도 불이 붙고, 섹스를 하게 돼. 그런데 호주는 1년 내내 그런 날씨 아닌가?

"다른 애들도 부를까? 아직 졸업하지 않은 남자애들 있잖아. 이 근처에서 자취하는 애들"

은혜가 제안했지만 미연이랑 나는 고개를 저었지. 어쩐지 혼자 꽃단장하고 나왔다 싶더라니. 유부녀가 말야. 은혜가

"그럼 경윤이 부를까?"라고 물었을 때에는 고개를 끄덕였어.

"그런데 경윤이가 이 근처에 있어? 걔네 집 광진구인가 어딘가 서울 동쪽 끝 아니었나?"

내가 물었어.

"의학전문대학원 시험 준비하고 있을걸? 집에 있으면 엄마가 구박한다고 학교 나와서 한대."

"의전원 그거 괜찮나? 나도 의전원이나 준비할까?"

이건 미연이 한 얘기.

"우리는 미적분이랑 화학이랑 뭐 그런 게 선수 과목으로 인정돼서 좀 유리하다던데?"

은혜가 경윤에게 전화를 걸었지. 그러고는 우리한테 "미친년, 10분 안에 나올 테니 먼저 시작하지 말고 기다리고 있으란다."며 낄낄댔어.

정말로 10분 만에 운동장에 도착한 경윤은 의전원이 아니라 수능을 다시 치는 걸로 방향을 틀었다고 하더라. 약대에 가고 싶대. 약사가 장점이 참 많다는 거야. 제일 큰 장점은, 재취업이 쉬워서 언제든 그만두고 싶을 때 그만둘 수 있고 1년에 몇 달씩 여행을 다녀올 수도 있다는 거. 경윤은 호주 이민을 준비하겠다는 내 얘기에 코웃음을 쳤어.

"야, 너는 왜 다 늙어서 외국 병에 걸리니? 호주 가면 좋을 거 같지? 안 좋아. 한국이 세상에서 제일 재미있는 나라야. 그냥 딱 외국 6개월, 한국 6개월, 외국 6개월, 한국 6개월, 이렇게 사는 게 제일 좋다니까? 너도 나랑 수능 같이 치자, 응?"

나는 개소리하지 말라고 대꾸해 줬지. 그때를 틈타 은혜가 다시 시어머니 욕을 시작했어. 두 시간 전에 말했던 내용과 달라진 게 없었지만 멤버가 늘었으니 같은 이야기를 되풀이할 수 있는 권리가 생겼다고 생각했나 봐. 미연도 회사 얘기를 반복했어. 「아침마당」 같은 수다가 이어지는 동안 나는 편의점에서 사 온 맥주를 홀짝홀짝 마시며 농구하는 남자애들을 관찰했지.

대한약사협회 대변인이라도 된 것 같은 경윤의 말에 미연이 결국 흔들렸어. 커트라인과 학비에 대해 물어보던 미연은 "아, 몰라 몰라 몰라! 내가 지금 나이가 몇 갠데 아직도 이런 거나 고민하고 있고!"라고 소리를 질렀어. 그랬더니 은혜가 "우리 같이 점이나 보러 가지 않을래?"라며 사람을 꾀더라고.

"점? 얘는 무슨 자다가 드럼 치는 소리야."

경윤이 핀잔을 줬지. 그래도 은혜는 우겼어.

"학교 앞 스타벅스에 진짜 용한 점쟁이가 있대. 네이버에서 '홍대 별도령'이라고 치면 후기도 겁나 많이 나와. 우리 같이 보러 가자, 응?"

나랑 경윤은 복채로 쓸 돈이 있으면 술을 한 병이라도 더 사겠다고 했지. 은혜와 미연은 "그럼 우리 점 볼 동안 너희들은 앉아서 기다려."라고 맞서더라. 결국엔 은혜가 쿠폰으로 나랑 경윤에게 공짜 커피를 한 잔 사 주겠다고 해서 논란이 정리됐어. 그렇게 넷이서 대낮에 술 냄새 풀풀 풍기면서 학교 앞 스타벅스에 들어갔어.

또라이 바보와 오페라하우스를 보게 되어 좋았던 점이 하나 있긴 했지. 내 사진 찍어 줄 사람이 있다는 거. 그리고 안 좋았던 점은 이런 거지. 나는 남태평양과 20세기 최고의 건축물 앞에서 감격에 차 있는데 옆에서 누가 "뭐, 그저 그렇네." 따위 말로 감동을 망친다는 거.

오페라하우스를 한 바퀴 돌고 사진을 찍을 만큼 찍은 다음에도 우리는 그 주변을 계속 어슬렁거렸어. 오페라하우스는 호주의 상징이잖아. 유학비 모으려고 먹고 싶은 것 안 먹고 입고 싶은 것 안 입으며 여기까지 왔다고 생각하니까 쉽게 떠날 수가 없더라고.

그래서 재인이 "우리 술 마실래?"라고 물었을 때 기다렸다는 듯이 고개를 끄덕였어. 오페라하우스 옆의 노천카페에서 한잔 사겠다는 말인 줄 알고 상냥한 표정을 지어 보이기까지 했어. 그런데 이 또라이 녀석은 마트에서 술과 안주거리를 사와서 바닷가에 앉아서 먹자는 거야.

"저런 카페는 관광객들이나 가는 데야. 바가지가 엄청날걸."

나는 얼굴에서 미소를 거두고 그냥 고개를 끄덕였지.

우리는 마트에 가서 나초 칩을 샀어. 나초 칩 봉지가 진짜 겁나 커. 가격이 너무 싸서 환율 계산을 속으로 몇 번이나 했어. 그런데 호주 마트에서는 술을 안 팔더라. 그 사실을 몰라서 마트 안에서 한참 헤매다 겨우 술을 전문으로 파는 리큐어 숍으로 갔어.

"와, 지금 이 와인 한 병이 3000원도 안 되는 거야? 2리터짜리가?"

재인은 놀란 표정으로 종이 팩에 담긴 와인을 들어 보였어. 양을 생각하면 소주보다 싸. 도스포인트 공원이라는 데 자리를 잡고 앉아서, 오페라하우스를 보며 술을 마셨어. 종이컵을 사지 않아서 종이 팩 양쪽에 구멍을 내서 찢고 서로 다른 쪽에 입을 대고 한 모금씩 술을 마셨어. 오페라하우스는 하얗고, 그 앞에 하버브리지라고 검은색 다리가 있고, 하늘은 물감 풀어 놓은 것처럼 파란데, 그보다 더 진파랑인 바다에는 햇빛이 반짝반짝 부서지고, 거기에 또 흰 요트가 있고, 흰 갈매기가 날아다니고……

"너도 학생 비자지?"

재인이 묻더라.

"응."

걔도 여기 영주권 따려고 유학 왔대. 영주권 딴 다음에는 시민권도 딸 거고. 재인이 "넌 왜 이민 오려는 건데?" 하고 묻더라.

"한국에서는 딱히 비전이 없으니까. 명문대를 나온 것도 아니고, 집도 지지리 가난하고, 그렇다고 내가 김태희처럼 생긴 것도 아니고. 나 이대로 한국에서 계속 살면 나중엔 지하철 돌아다니면서 폐지 주워야 돼."

"그렇구나. 나도 지잡대 나왔어. 같은 처지야."

재인이 웃으며 말했어.

"난 홍대 나왔는데?"

그 순간 재인의 표정이란! 좀 미안하기도 했지만, 솔직히 통쾌하기도 하더라. 그 뒤로는 그냥 말없이 술을 마셨지.

중간에 한 백인 할아버지가 우리에게 와서는 술병을 가리키며 뭐라고 하시데.

"워워, 워워우워, 워워워 워워 워 워워워."

난 무슨 말인지 하나도 못 알아듣겠는데 재인이 "아이 앰 투웨니파이브." 이랬지. 근데 얘도 상대 말을 알아듣고서 한 얘기는 아니었나 봐. 할아버지가 고개를 흔들며 천천히 뭐라 뭐라 "워워워."라고 이야기하고 도심 쪽을 가리키고 공원을 가리키기도 했어. 한참 그러시다 눈을 둥그렇게 뜬 채 얼어붙은 우리를 보고는 한숨을 쉬더니 그냥 가 버렸지. 나중에 알고 보니 호주는 공공장소에서 술을 마시는 것이 금지돼 있었고 할아버지는 그 사실을 우리에게 알려 주려고 했던 거였어.

"아, 씨, 호주 발음은 하나도 못 알아듣겠네."

할아버지가 떠난 뒤 재인이 말했어.

"그러게. 미국 발음이랑 진짜 다르다."

나도 맞장구쳤지.

"너는 그새 휴대폰에 장신구를 달았냐? 이게 뭐야? S자야?"

내 휴대폰 줄을 보고 재인이 물었어.

"S가 아니라 청룡이야."

나도 재인한테 너는 호주에 왜 온 거냐고 물었지.

"군대 가기 싫어서."

답변 참 당당하데.

"그렇게 자랑스럽게 할 이야기는 아닐 텐데?"

"아니, 난 괜찮아. 난 군대 못 가는 사람이야. 내가 군대 가면 아마 총으로 부대원 다 쏴 죽이고 나도 죽을 거야. 그러는 것보다야 그냥 나 혼자 군대 안 가는 게 낫잖아."

싸구려 와인을 홀짝홀짝 마시는 동안 해가 저물었지. 하늘이 투명하고 건물이 검은색들이어서 그런지 야경이 서울보다 훨씬 아름답더라. 다 마실 수 없을 것 같던 2리터짜리 와인도 이제 몇 방울 안 남은 상태였고.

"그런데 너, 남자 친구는 있냐?"

재인이 약간 꼬인 혀로 물었어.

"있지."

나는 조금 생각하다가 답했어. 사실은 없지. 48시간 전에 지명과 공식적으로 헤어졌으니까. 하지만 또라이 녀석이 물어서가 아니라, 누가 물어도 아직은 "남자 친구가 있다."고 답해야 할 것 같았어.

"뭐 하는 사람인데?"

"기자 시험 준비해."

갑자기 감정이 복받쳐 오르는 바람에 목소리가 이상하게 나왔어. 다행히 재인은 그냥 내가 취해서 혀가 풀린 걸로 받아들인 모양이더라.

"한국에서?"

"응."

"그리고 너는 호주에서 영주권을 따려고 하고?"

"그게 뭐가 중요해?"

나는 남은 와인을 한 번에 입에 털어 넣고 일어나 외치다시피 말했어. 무슨 선언처럼.

"내 남자 친구는 있잖아, 너랑은 완전히 반대야. 예의 바르고, 허세 부리는 거 없고, 목표가 뚜렷해. 다정하고, 책임감 있고, 자기가 사회에 어떻게 공헌해야 할지 뭐 그런 걸 늘 생각한다고."

내가 비틀거리자 재인이 일어나 나를 부축했어.

"연식이 좀 되는 분인가 보네, 그 사람."

재인이 말했어.

"아니, 나랑 동갑이야."

내가 대꾸했어.

별도령은 점쟁이 같지 않게 세련된 차림이더라. 어깨 폭이 좁은 검은 셔츠에 검은 바지를 입고 있었어. 노트북에는 무슨 역학 관련 프로그램을 띄워 놓고. 은혜와 미연이가 차례로 사주를 보고는 고개를 절레절레 저으며 돌아왔어.

"그렇게 잘 맞아?"

"대박, 대박."

경윤도 미심쩍은 표정으로 일어나 점을 치러 갔어. 잠시 뒤 입을 딱 벌리고 돌아오면서 혼잣말을 중얼거리더라고. "그래, 아무래도 학원에 다녀야겠어."

"너도 가서 쳐 봐!"

아이들이 나더러 성화를 부렸어. 내가 끝까지 점 같은 건 믿지 않는다고 버티니까 은혜가 자리에서 일어났어. "한 명 정도는 서비스로 봐주지 않을까?"라며. 흡연실 유리 칸막이를 통해 보는데, 은혜가 아양을 떨고 별도령이 곤혹스러워하고, 그 광경이 훤히 보이더라.

"쟤는 결혼하고 나더니 증세가 더 심해진 것 같다?"

경윤이 입을 삐죽였지.

그런 뒷담화를 아는지 모르는지, 은혜는 손가락으로 V자를 그리며 자리에 돌아왔어. "야, 딱 10분만 봐주신댄다."라고 으스대면서. 공짜라면 굳이 마다할 이유는 없잖아. 나도 자리에서 일어났어.

"어디 멀리 가시려나 봐요?"

내 생년월일을 들은 별도령이 노트북 화면을 잠시 들여다보고는 뱉은 말에 숨이 막히더라고. 그래도 별도령이 "어디로 가시려 하나요?"라고 물었을 때에는 "거기까지는 사주로 알 수 없나 보죠?"라고 되받았어. 그랬더니 하는 말이, 역학은 예지 능력이나 투시술이 아니래. 자연의 힘을 이용하는 법에 대한 컨설팅이래.

"가게를 차릴 때 컨설턴트에게 대뜸 '요즘 경기가 가게 차릴 만한가요?' 하고 물어보지 않잖아요. 불경기에 잘 팔리는 물건이 있고 호경기에 잘 팔리는 물건이 있으니 내가 뭘 팔 건지를 먼저 말해 줘야죠."

별도령이 그렇게 말하는데 듣고 보니 옳은 말이잖아. 나는 "저…… 호주 가려고요."라고 말했어. 별도령이 키보드를 몇 번 두드리더라.

"역학에서 섬나라는 기본적으로 음기가 강한 걸로 보거든요. 음기에도 여러 종류가 있는데 지금 계나 씨 사주는 호주랑 잘 맞는 편이에요. 그래서 제가 조언을 해 드리는 건 호주 음식이 입에 맞는다고 너무 많이 드시면 안 되고, 동향이나 남향인 나무 집에 사시면 갑작스러운 과체중을 막는 데 도움이 될 거예요. 제 블로그를 보시면 액세서리를 파는데, 그중에 청룡을 테마로 한 것들이 있어요. 목걸이나 휴대폰 줄 같은 걸 구입하시면 거의 항상 몸에 지니게 되니까 참고하세요. 그리고 말씀드려야 할지 약간 고민스러운 게 하나 있는데……."

"뭔데요? 얘기해 주세요."

그러니까 별도령이 하는 말이, 내 사주에 도화살이 있대. 그게 호주에 가면 제법 힘을 발휘한다나. 그런데 도화살이라는 게 옛날에는 아주 금기시했는데 요즘은 그렇게 보진 않는대. 섹스어필도 경쟁력인 시대잖아.

몇 달 뒤에 별도령이 또 생각나더라. 호주에 가야 하나 말아야 하나 하는 문제로 하루에 몇 시간씩 머리를 싸매고 고민했을 때. 갑자기 너무 궁금해지는 거야. 호주는 그렇다 치고, 도대체 한국은 나랑 얼마나 맞는 땅인지가 말이야.

3 도화살

지명이는 나와 동갑이었어. 그게 문제였지.

개는 예의 바르고, 허세 부리는 거 없고, 목표가 뚜렷해. 다정하고, 책임감 있고, 자기가 사회에 어떻게 공헌해야 할지 뭐 그런 걸 늘 생각했어. 그것도 문제였지.

지명은 나의 호주행을 가장 강력히 반대한 사람이었어. 거의 성공할 뻔했지.

우린 대학 1학년 때 만났어. 캠퍼스 커플이었지. 개를 보자마자 내가 먼저 홀딱 반했어. 작업을 걸었지. 이후 6년간 한 번도 헤어진 적이 없어. 친구들이 우리를 부부라고 불렀어. 나는 지명댁. 군대에 간 지명을 기다리고, 회사원이 되어서도 개랑 헤어지지 않으니까 나중엔 열녀라고 하데.

혈기왕성한 나이에 만나 대학 다니는 내내 사귀었으니 그간 이런저런 위기가 없지는 않았어. 내가 바람이 날 뻔한 적도 있고, 어떤 여자애가 스토커처럼 지명을 쫓아다닌 적도 있고. 군대에서 첫 휴가 나온 지명이 너무 살이 쪄서 실망한 적도 있고.

하지만 '직장 여성 — 남자 대학생'의 관계는 그런 위기들과는 완전히 달랐어. 말하자면 그때까지 우리 관계는 롤러코스터였어. 오르막이 있는가 하면 내리막도 있고 탈선 위기도 겪었지만 어쨌든 같은 자리에서 함께 흥분하고 함께 소리를 질렀던 거야.

반면 내가 직장인이 되자 한 사람은 유원지 밖에, 그리고 또 한 사람은 유원지 안에 있는 것 같은 상황이 됐어. 데이트 비용을 누가 내느냐 하는 차원의 문제가 아니었어. 갑자기 연하 남친을 들인 느낌이랄까? 회사라는 새로운 환경이 적잖이 스트레스가 되고 누구 다른 사람 품에 안겨서 징징거리고 싶어질 때가 있었는데, 그런 때 지명이 별 도움이 못 됐어. 회사 경험이 없는 사람한테 그런 걸 털어놓는다는 게 좀 멋쩍잖아. 나름대로는 그게 지명을 배려한 거였는데……. "넌 말해도 몰라."로 시작하는 나의 신세타령에 걔도 적잖이 답답했을 거야.

친구들도 옆에서 부추겼지. 사악한 것들.

"지명이 군대 있는 동안 2년 기다리고, 이제 걔 졸업할 때까지 또 2년 기다리게? 그 사이에 생물학적인 전성기가 그냥 흘러가는 거야. 남자 기다리는 여자치고 잘되는 여자 없다더라. 너 망부석 되고 싶어?"

솔직히 뭐라고 반박할 수가 없더라. 실제로도 신입 사원 연수 첫날부터 젊은 남자 직원들이 막 노골적으로 들이대더라고. 근데 참 이상해. 걔들이 하는 말이나 행동은 지명이보다 훨씬 뻔뻔하고 무례하거든. 그런데 그게 또 끌리더라고.

게다가 복학한 지명이가 기자가 되겠다고 진로를 정했거든. 나로서는 미래에 대한 고민이 한층 깊어질 수밖에 없었지. 어느 날 술기운에 한 번 물어봤어.

"우리 학교 나와서 KBS나 《조선일보》 이런 데 갈 수 있는 거야? 다 서울대 연고대 출신만 뽑는 거 아니야?"

"오히려 공중파 방송사나 조중동은 학벌 안 본다고 하더라고. 경제지나 마이너 신문사들이 대학을 많이 따진대."

하지만 현실에서는, 교내 스터디 모임조차 걔를 끼워 주지 않으려 했어. 스펙을 철폐해야 한다느니 학벌로 사람을 판단하는 세태가 잘못됐다느니 떠들어 대면서 정작 자기들은 스터디 멤버를 뽑을 때조차 이런저런 조건을 따지더라니까.

실전 대비 모임이라며 언론사 인턴 경력이 있거나 필기시험을 통과한 경력이 있는 사람만 받는다는 곳이 있는가 하면 '토익 900점 이상, KBS 한국어능력시험 2급 이상, 소수 정예'라고 선을 그은 곳도 있고. 스터디 한 곳은 공대생은 아예 받지도 않았어. 공대생이 뭐 잘못했어? 우리 학교는 공대가 다른 단과대학보다 커트라인이 높은데. 그 점잖은 지명도 "수능 성적도 나보다 낮았을 새끼들이……."라며 분통을 터뜨리더라.

지명이 아홉 번째 학기를 등록한다는 말을 했을 때는 나도 슬슬 걱정이 되더라. 경제지는 관심 없다더니, 어느 순간부터 경제신문에서 주최하는 무슨 경제학 경영학 지식 평가 시험을 준비하고 있더라. 경제지에 원서 내려면 그 시험 점수가 있어야 한대. 그것도 신문사마다 서로 경쟁하면서 엇비슷한 시험들을 따로 만든 거 알아? 당연히 수험료도 비싸지. 그 얘기 들었을 때 진짜 순수하게 감탄했어. 그 회사들 수험생 상대로 장사 참 잘하지 않아? 세상 그렇게 살아야 하는 건데.

생각해 보면 별도령의 예언은 참 실없었어. 점쟁이를 찾아오는 고객이라면 뭔가 고민거리가 있는 사람이잖아. 그런 사람한테 "어디 멀리 가시려나 봐요?"라고 물으면 다들 그렇다고 하지. '멀리 간다'는 말은 이사를 가려는 사람에게도, 졸업 이후를 고민하는 사람에게도, 누군가와 헤어지려는 사람에게도 다 적용되니까.

도화살 얘기도 그래. 외국 나와서 마음은 붕 떠 있지, 간섭

하는 부모는 멀리 있지, 아는 사람 없으니 외롭지, 호르몬은 들끓지, 호주에 와서 이성 교제의 유혹에 빠지지 않는 게 이 상한 거야. 자연스럽게 남자가 구애하고 여자는 골라 먹는 구 도가 만들어져. 유학생의 남녀 비율이 맞지 않고, 또 한국 여 자들은 다른 나라 유학생들이나 호주 현지 남자들한테도 인 기가 높으니.

닭장 셰어도 연애에 아주 최적화된 주거 형태야. 젊은 남자 서넛, 젊은 여자 서넛이 화장실과 부엌, 거실을 공유하며 살 다 보면 「프렌즈」나 「논스톱」 같은 일들이 안 벌어질 수가 없 다니까.

얼마나 재미있는지 몰라. 밖에서 놀면 돈이 많이 드는데 마트에서는 신선한 안주거리와 술을 싼 가격에 팔잖아. 음 식점에서 일하는 애들은 안 팔린 초밥 같은 걸 밤마다 싸 오고. 그러다 보니 하루도 빠지지 않고 매일 거실에서 술판 이 벌어져. 젊으니 체력들은 좋아서 새벽까지 마셔 대는 치 들도 있지. 그 또라이 녀석, 재인도 그런 한심한 부류 중 하 나였어. 어학원에 다닌 둘째 주부터 지각을 일삼더라고.

얼굴 좀 예쁜 여자애들 주변에는 별별 일이 다 일어나. 삼 각관계, 사각관계도 흔해. '케이'라는 영어 이름을 썼던 여자 애가 있었는데 얘는 같은 집에 사는 남자애 둘을 상대로 양 다리를 걸쳤어. A한테는 "한국에 다녀오겠다."고 하고 B와 골

드코스트로 밀월여행을 떠나는 식이었지. 젊은 유부녀가 영어 공부 한답시고 회사를 휴직하고 호주에 와서 열 살 어린 남자랑 살림을 차리는 광경도 봤어. 아예 유부녀나 유부남이라는 사실을 숨긴 사람도 꽤 있었을 거야. 학벌을 속이는 경우는 흔하디흔했으니까.

내가 호주에서 처음 사귄 남자는 첫 아르바이트 가게에서 만난 애야. 나보다 세 살 연하.

첫 아르바이트는 시티의 어느 건물 지하에 있는 아시안 국수 가게에서 했어. 한국으로 치자면 광화문 빌딩가 지하에 있는 서브웨이 샌드위치라고 보면 돼. 가격대도 그쯤 되고, 고객들이 품는 기대치도 그쯤 되고, 재료를 이것저것 골라 커스터마이즈해 주는 방식도 서브웨이랑 비슷해.

손님들이 먼저 국물이 있는 국수냐, 아니면 볶음면이냐를 고르고 면을 선택해. 다음에는 소스를 고르고, 토핑도 골라. 서버가 주문을 받아서 버튼을 누르면 기계에서 빌지가 출력되거든. 그러면 내가 그걸 보고 소스랑 토핑을 번개같이 퍼서 주방으로 넘기는 거야. 주방에서 요리를 만들어서 주면 볶음면은 종이 상자에 담아서, 국물이 있는 면은 사발째로 카운터에 올려.

점심시간이면 주문이 밀려들어 완전 전쟁터야. 주방이랑 카운터가 한가해진 뒤에도 '키친 핸드(주방 보조)'인 형서랑 나는 한동안 정신을 못 차리지. 테이블 닦고, 바닥 물청소하고, 창고에서 음료수 꺼내 와서 냉장고에 채워 넣고, 재료 씻어서 재료 통에 잘라 넣고, 걸레를 삶은 뒤에야 주방 한구석에서 밥을 먹을 수 있어.

키친 핸드는 시드니의 아르바이트 생태계에서도 가장 아래 단계야. 그런데 영어가 능숙하지 않아서 키친 핸드로 일할 수밖에 없었어. 가게에서 주문을 받으려 해도 영어가 돼야 할 거 아냐. 난 그때 최저임금도 못 받았어. 한 시간에 8달러인가 받았지. 최저임금은 13달러였는데.

아시안 국수 가게는 한국인 부부가 운영했어. 다들 "한국 사람들이 제일 독하다. 절대 한국인이 운영하는 가게에서는 일하지 말라."고 하지. 그런데 호주 사람들이 운영하는 가게에 가서 면접을 볼 만한 영어 실력도 안 되는데 어떻게 해.

난 정말이지 아무것도 몰랐어. 영어도 몰랐고, 호주의 최저 임금이나 노동법도 몰랐고, 흙 묻은 당근을 씻는 법도 몰랐고, 냉장고에 음료수를 넣을 때에는 뒤에서부터 새 병을 채워 넣어야 한다는 것도 몰랐어. 그 네 가지 중 뒤의 것 두 가지 는 형서가 가르쳐 줬지. 형서는 시티의 싸고 맛있는 식당이나 마트에서 파는 싸고 맛있는 먹을거리, 싸고 괜찮은 옷을 파는 가게, 돈 안 들이고 시간을 보낼 수 있는 관광 명소들을 나한 테 가르쳐 줬어. 남태평양의 망망대해에서 표류하는 내게 튜

브와도 같은 팁들이었지.

개가 사는 아파트는 시티 한가운데 있었거든. 개네 집에 놀러 가서 그 집을 셰어하는 다른 애들이랑 TV를 보며 술을 마시고 있는데 형서가 잠시 바람을 쐬자며 베란다로 나를 데려가더라고. 호주 아파트들은 실내 조명이 좀 어둡거든. 게다가 시드니는 건물 간의 간격이 서울보다 훨씬 좁고 통유리 건물이 많아서 야경이 정말 멋있어.

"저기 봐요. 우리 집에서는 오페라하우스가 보여요."

"그래? 어디, 어디?"

나는 개가 손가락으로 가리키는 방향을 찾아보다가 오페라하우스의 뒤꽁무니가 보이는 걸 보고 "애개." 하며 웃음을 터뜨렸어. 형서는 같이 웃다가 불쑥 말했어.

"저 누나 좋아해요."

그러고는 입술을 입안으로 말아 넣어 거짓말을 들킨 초등학생 같은 표정을 짓는데, 어찌나 귀엽던지.

"나도 너 좋아."

내가 말했어.

"술이 들어간다, 쭉쭉쭉 쭉쭉! 언제까지 어깨춤을 추게 할 거야, 내 어깨를 봐, 탈골됐잖아."

거실에서는 아이들이 TV를 보면서 술 마시기 게임을 하고 있었지. 형서는 입술을 다시 밖으로 내고 눈을 감으며 내게

다가왔어.

호주에 가야겠다고 생각한 뒤에도 사실은 마음이 여러 번 흔들렸지. 지명도 그걸 눈치챘어. 그래서 나를 계속 설득하려 들었어. 이런 식으로.

"한국이 그렇게 싫은 이유가 뭐니? 한국 되게 괜찮은 나라 야. 구매력 평가 기준으로 1인당 GDP를 따지면 20위권에 있 는 나라야. 이스라엘이나 이탈리아와 별 차이 없다고."

얘가 기자 시험 준비하더니 쓸데없는 지식만 늘었더라고.

"아니, 난 우리나라 행복 지수 순위가 몇 위고 하는 문제는 관심 없어. 내가 행복해지고 싶다고. 그런데 난 여기서는 행복 할 수 없어."

"하지만 네가 호주에서 살아 본 것도 아니잖아. 여기서는 당연하다고 생각되는 것들이 거기 가면 당연하지 않을 수도 있어. 동남아 사람들이 한국에 와서 한국인 같은 생활수준을 누리면서 사는 건 아니잖아."

"어차피 난 여기서도 2등 시민이야. 강남 출신이고 집도 잘 살고 남자인 너는 결코 이해 못해."

이런 입씨름에 걔나 나나 지쳐 갔지.

차라리 지명이 "내가 잘해 줄게, 나랑 결혼해 줘. 그냥 나 랑 같이 이 나라에 있어 줘."라고 말했더라면 어땠을까 싶기도 해.

그런 말을 들었다면…… 아마 한참 고민했을 거야. 한참 고민하다가, 결국은 거절했을 것 같아. 너무 젊잖아. 지명은 정말 괜찮은 애였지만, 난 연애를 딱 한 번만 해 보고 결혼하고 싶지는 않았거든. 로맨틱 코미디에 나오는 이런저런 아슬아슬한 상황들을 겪어 보고 싶었어. 젊을 때 혼자서만 할 수 있는 일들 말이야.

이별을 통보하던 날에도 그렇게 말했어.

"이상형을 너무 일찍 만나는 건 굉장히 안 좋은 일인 것 같아. 내가 지금 서른 중반이라면 아무것도 망설이지 않았을 텐데. 분명히 너랑 결혼해서 한국에 남는 편을 택했을 거야."

어쨌거나 지명은 그때 내게 청혼하지 않았어. 지명은 나중에, 우리가 헤어지고 나서 한참 뒤에 그 이유를 설명해 줬지.

"나도 너한테 청혼하고 싶었지. 하지만 넌 대기업 직원이고 나는 어디에 취직이 될지도 모르는 대학생인데 이런 상태에서 미래를 같이하자고 말할 수는 없었어. 그건 너무…… 염치가 없잖아. 기자 시험에 합격하면 합격자 발표 날에 바로 청혼하려고 했어. 무슨 꽃다발을 살까, 어떻게 프러포즈할까, 어디서 할까, 그런 것까지 궁리했어."

실제로 걔는 좀 졸렬하게 굴었지. 사랑을 인질로 삼았어.

"너 나 사랑한다며. 나를 사랑하면 그냥 내 옆에서 한국에 있어 주면 안 돼? 호주에 가는 게 그렇게 중요해?"

난 그 말을 이렇게 받았지.

"너도 나 사랑한다며. 나 사랑하면 날 따라서 호주에 가면 안 돼? 기자가 되는 게 그렇게 중요해?"

지명이 한참 동안 고개를 숙이고 있다가 울 것 같은 표정으로 그건 안 되겠다고 하더라. 자기는 기자가 되는 게 꿈이라고. 이제 내 마음을 이해할 것 같다고도 했어. "호주에 가는 게 너의 꿈이구나."라고 그는 맥없이 중얼거렸어.

걔가 부모님을 상대로 한참 힘겨운 투쟁을 벌이던 중이었거든. 기자가 되겠다니까 걔네 부모님은 무슨 말도 안 되는 소리냐고, 전공 살려서 대기업 취직하라고 하던 참이었어. 그래서 내 호주행을 자기 기자 시험 준비에 빗댄 게 걔한테 확와닿았나 봐.

그런데 사실 그렇게 헤어지자고 해 놓고서도 사실 출국하는 날까지 우린 종종 만났어. 주로 내가 연락했지. 술 마시고 집에 가는 길에 울면서 전화를 걸기도 했고, 밤에 참다 참다 못 참고 문자를 보내기도 하고, 그렇게 서너 달 동안 같이 술을 마시기도 하고 잠을 자기도 했어. 내가 출국하기 전까지, 그렇게 사귀는 것도 아니고 안 사귀는 것도 아닌 상태로 몇 달을 보냈어.

"귀신 소리 내지 마, 무섭단 말이야."

나는 좀 겁이 나서 형서의 팔을 잡았어. 우리는 바다가 보이는 공동묘지에 있었어. 아르바이트를 마치고 종이 팩 와인과 간식거리를 싸서 브론테 해변부터 산책로를 걷는 참이었어. 산책로가 점점 높아지더니 바위 절벽을 내려다보는 길이 되더라. 그리고 코너를 하나 돌았더니 공동묘지가 나왔어.

해가 막 졌지만 산책로 주변에는 조명 시설이 잘 설치돼 있었고, 달도 밝았어. 잔잔한 남색 바다 위에 달빛이 퍼지는 모습을 보며 참 멋지다, 로맨틱하다고 감탄하던 나는 느닷없이 나타난 묘지에 기겁을 했지. 바다를 내려다보는 언덕에 흰 십자가와 묘비가 가득하더라고. 형서는 키득키득 웃으며 귀신 소리를 내기 시작했고.

형서가 먼저 비석 사이에 비치 타월을 깔고 앉은 뒤 나더러도 오라고 손짓했어. 내가 비석과 비석 사이에 자리를 잡으려 할 때 걔가 나를 와락 껴안았어. 나는 균형을 잃고 걔 품에 푹 안겼고, 무덤 사이의 틈에서 우리 몸이 포개졌지. 누가 먼저랄 것도 없이 입을 맞추고 목덜미를 빨고 허리를 더듬었어. 죽음과 가장 가까운 공간에 있다고 생각하니 묘하게 몸이 달아오르데.

"안 돼, 그만, 그만."

완전 미쳐서 한참 그러고 있다가 겨우 가쁜 호흡을 뱉으며 형서의 손을 밀어낼 수 있었어. 형서는 아쉽다는 표정 반, 꿈꾸는 듯한 표정 반이었어.

"노래 불러 줘."

내 말에 형서는 앉은 채로 어깨를 흔들며 스티비 원더의 「이즌 쉬 러블리」를 불렀지. 전에도 개 노래를 들으며 감탄한 적이 몇 번 있지만, 달빛 아래에서 파도 소리와 함께 감상하는 기분은 각별했어. 형서는 노래 마지막 소절을 한 옥타브 높여 불러 마무리한 뒤 내게 키스했어.

"정말 오디션 받아 볼 생각 없는 거야? 교회에서만 부르기엔 너무 아까운 솜씨야."

"난 교회에서 부르는 게 좋아. 음악 기획사는……. 음, 내가 정말로 하고 싶은 건 버스킹이야. 전 세계 도시들을 돌아다니며 하는 거리 공연."

슬그머니 내 질문에 답을 피한 형서는 가방에서 와인을 꺼냈어. 우리는 종이 팩에 입을 대고 번갈아 술을 마셨어. 웃고 즐기다 보니 달이 어느새 중천에 걸려 있더라. 내가 이러다 버스 막차 놓치는 거 아니냐고 걱정했더니 형서는 이 일대 버스 시간표라면 다 꿰고 있다며 염려 말라고 했어.

형서는 거기서 자기 가족 얘기를 했어. 초등학생 때 어머니를 여의고 아버지가 새어머니와 결혼했는데 그 새어머니가 동생을 낳자 자기는 집안에서 아무도 신경 써 주지 않는 존재가 되어…… 뭐 그런 스토리.

"그런데 너 학교는 지금 휴학 중인 거야?"

나도 그 참에 평소에 궁금하게 여겼던 걸 물어봤지.

"어, 학교는 다닌 적 없는데. 호주에서는 말이야. 나 워킹
홀리데이로 왔어."

"호주에 온 지 3년째라며."

"응."

"워홀 비자로 3년씩 있을 수 있어?"

나는 이상한 생각이 들어 묘비에서 등을 뗐어.

"어…… 어쩌다 보니 그렇게 됐어."

"너 지금 혹시 불법체류야?"

"에이, 누나 무슨 말을 그렇게 해?"

"야, 너…… 워홀로 와서 3년째 있는 거면 불법체류자 맞잖
아. 뭐 하는 짓이야. 호주에서 불법체류하면서 돈을 버는 것도
아니고 공부를 하는 것도 아니고."

"교회 다니잖아."

그랬어. 형서는 일주일에 6일은 교회에 가는 아이였어. 교
회 사람들과 해변에 가서 찬송가 부르고, 시티에서 전도하고,
교회 형 교회 누나들과 만나 놀고.

"교회에서는 사람들이 너 비자 없는 거 몰라?"

"글쎄, 교회 사람들하고는 그런 이야기 잘 안 해서."

"아니, 그 사람들도 진짜 웃긴다. 스물몇 살인 애가 학교도 안 가고 돈도 안 벌고 이러고 있으면 '너 학교 가야지, 이러면 안 되지.'라고 얘기해 줘야 되는 거 아니야?"

그렇게 말다툼을 벌이다 자리에서 일어나 버스 정류장에 도착했더니 막차는 이미 끊긴 지 오래였지. 애는 또 입술 말아 넣고 귀여운 표정 짓는 걸로 무마하려고 하더라? 나 참, 어이가 없어서.

형서랑 사귄 기간은 두 달 정도 됐어. 마지막 일주일 동안 나는 불법체류 문제를 빨리 해결하라고 걔를 닦달했는데 이 녀석은 그걸 그냥 잔소리로 여기더라고. 호주가 그렇게 좋으면 한국에 갔다가 다시 들어오라고 했더니 이 상태로 나가면 몇 년은 호주 입국이 금지된다면서 안 된대.

국수 가게 아르바이트를 그만두면서 형서와도 헤어졌어. 국수 가게 다음에는 회전 초밥집에 취직했지. 손님이 나갈 때 초밥 접시 수를 세는 일이었는데 가끔 손님이 컨베이어 벨트에는 올려지지 않는 특별 요리를 주문할 때도 있거든. 그 주문을 받아 처리할 수준으로는 영어가 늘어 있었어.

형서와 사귈 때만 해도 그냥 어쩌다 연하를 사귀게 되었다고 생각했지. 그런데 이후로도 줄줄이 연하 남자애들만 만났어. 게다가 애들이 무슨 약속이라도 한 것처럼 조금만 관계가 깊어지면 자기 가족이 어쩌고 사랑을 못 받고 자랐고 그런 얘기를 하더라고.

처음에는 이유를 잘 몰랐어. 내가 동안이라서 그렇지, 하고 좋아하기도 하고, 내가 다 늙어서 호주에 왔구나, 그래서 남자애들이 다 나보다 어리구나, 하고 우울해하기도 했어. 요즘 어린애들 사이에서는 나 같은 스타일이 인기인가? 마마보이가 늘어났나? 처음에는 답이 안 나왔지.

내가 나름대로 생각해 본 답은 이래. 음기고 양기고 간에 한국 남자애들이 외지 생활을 잘 버티지 못하는 거야. 기본적으로 타국 생활이라는 게 외롭고 쓸쓸하거든. 나만 해도 별것도 아닌 일에 갑자기 감정이 복받치고 그래서 눈물을 뚝뚝 흘릴 뻔한 적이 여러 번이야. 그럴 땐 그 더러운 아현동 뒷골목이 못 견디게 보고 싶어져.

한국 남자들이 워낙 자존심이 세잖아. 그 자존심 때문에 더 쉽게 무너진다? 영어를 가르치는 백인 선생님들은 학생들을 어린애 다루듯 해. 외국어를 가르치다 보면 자연스럽게 그렇게 돼. 한국 사람들도 한국에 있는 동남아 사람들을 어린애 취급하잖아. 그런데 상대가 일부러 눈을 크게 뜨고 천천히 쉬운 말을 써 주면 그게 배려라는 걸 머리로는 이해하면서도, 당하는 사람 입장에서는 저능아가 된 것 같은 기분이 드는 거야. 여러 나라 출신 중에서도 유독 한국 남자애들이 그런 무력감을 견디지 못하더라고. 자꾸 말을 시키는 강사한테 "아이 돈 노! 아이 세드 아이 돈 노!"라고 소리를 지르며 화를 내는 아이도 봤어.

그리고…… 어차피 공부 제대로 하려는 애들은 처음부터 호주로 유학 오지 않아. 솔직히, 호주가 공부하러 오는 데냐?

그러니 한국 남자애들은 호주 사람들 앞에서 늘 스트레스를 받는 거야. 그래서 그렇게 정에 굶주리고 자존심은 다칠 대로 다친 남자애들 눈에, 내가 큰누나처럼 보였나 봐. 시니컬하지만 딱히 권위 의식은 없잖아, 내가. 또 푼수 기질도 다분하니까 그런 게 사람 마음을 무장해제시켰던 거지. 게다가 뭣 모르는 애들은 내가 영어를 되게 못한다고 생각했거든. 사실은 발음이 후져서 그렇지, 지들보다는 훨씬 잘했는데.

외국인도 두 명 사귀었어. 댄이랑 리키. 댄은 아파트 헬스클럽에서 만났어.

한국 여자애들 중에 한 3분의 2는 외국 남자가 접근해 오는 걸 두려워 해. 나머지 3분의 1은 기를 쓰고 서양인 남자 친구를 만들고 싶어 하고. 백인 남친을 만들고 싶다고 나이 차이도 많이 나고 외모도 떨어지는 중년 아저씨와 사귀는 애들도 있지.

나는 '외국인은 사귈 수는 있지만 섹시하지 않은 남자는 못 사귄다.'는 주의였지. 어쨌든 댄은 그런 아저씨가 아니었어. 나이는 스물셋, 금발에 푸른 눈을 한 코카시안이었어. 얼굴은 좀 웃기게 생겼지만 선탠을 잘해서 온몸이 구릿빛이었고 머리는 곱슬곱슬했어. 헬스클럽에서 몇 번 눈이 마주치면서 "헬로." 하고 인사를 나누는 사이가 됐고, 그러다 "나는 여기 몇 층 사는데 너는 몇 층 사니?"라고 그가 물었고, "나는 뉴질랜드에서 왔고 서핑이 취미야."라고 자신을 소개했어. 걔가 나한테 "유 해브 어 나이스 바디."라고 말하는데 기분이 참 좋더라. 언제 같이 저녁 먹지 않겠느냐고 하기에 좋다고 했지.

솔직히 원어민과 사귀면 영어 실력이 늘지 않을까 하는 기대도 있었어. 하지만 조금 시간이 지나니까 사람을 공주님처럼 떠받들어 주는 매너에 더 끌리더라. 댄은 열렬한 서핑 마니아였어. 매일 해변으로 출정했지. 나한테도 서핑을 가르쳐 줬어. 난 그때까지 피부가 타는 게 싫어서 해수욕을 꺼렸거든. 댄을 만나고서야 비로소 호주 바다의 아름다움과 물놀이의 즐거움을 알게 됐지.

초보자용 스펀지 보드에 몸을 싣고 바다에 뛰어들 때는 정말…… 한국 바다는 바다도 아니야. 들어갈 수 없는 바다는 바다가 아냐. 꼬르륵꼬르륵 물을 먹고 어깨를 태우고 허파가 아플 때까지 웃곤 했어. 바다가 그렇게 재미있는 곳이라는 걸 27년 동안이나 모르고 살았다는 게 억울하더라.

시드니에서는 버스를 타고 30분이면 본다이니 쿠지니 브론테니 하는 해변에 갈 수 있어. 입장료를 내야 하는 곳도, 탈의실 사용료를 내야 하는 곳도 없어. 바닷가에는 민박집이나 횟집 대신 희고 깨끗한 식당과 예쁜 산책로가 있어. 보드를 타다 지치면 우리는 모래사장에 나란히 앉아 수평선을 바라보며 멍하니 시간을 보냈어. 토플리스 차림의 여자들 몸매를 내가 곁눈질로 훔쳐보면 댄은 내 몸이 예쁘다고 칭찬했지. 그 있잖아, 왜, 서양 애들 특유의 과장법.

그런데 좀 그 칭찬이 핀트가 안 맞아.

"키에나, 넌 참 아름다워. 정말 매력적인 '골든 스킨'을 갖고 있어."

어느 날엔 그렇게 말하더라. 내가 걔보다 피부가 더 흰데. 백인 중에도 나처럼 피부가 흰 애는 거의 없다고.

내가 발을 꼬고 앉아 있을 땐 이렇게 말했어.

"넌 다리가 짧아서 귀여워."

니미 썅, 그게 칭찬이냐?

처음에는 그런가 보다 했는데, 너무 그런 말을 자주 하니까 나도 슬슬 이건 아니다 싶었지. 그날 하루 내가 겪은 일을 어렵게 영작해서 이야기해 주잖아? 그래도 "아, 너는 오늘 이런 기분을 느꼈겠구나."라고 받아 주는 경우가 없어. 대신 내 머리칼을 만지면서 어쩌면 머리가 이렇게 부드러울 수 있는지 궁금해하고, 피부가 어쩌면 이렇게 윤이 나느냐며 칭찬을 하는 거지. 내 코는 너무 낮아서, 내 손은 너무 작아서, 걔한테 끝없는 호기심과 경배의 대상이었어. 걔한테는 내 몸이 굉장히 이국적으로 보였나 봐.

댄에게 우리 관계는, 걔가 뭐든지 잘 알아서 이끌어 주면 나는 귀여운 미소를 지으면서 도움을 받는 그런 관계였던 거지. 가끔은 소리를 지르고 싶더라고. 야, 사실 내가 너보다 더 똑똑하다고! 나 대학도 나왔어! 나 원래 엄청나게 시니컬한 사람이야! 위트 넘치는 표현도 잘하고 이해력도 좋아!

한번은 극장에 같이 영화를 보러 갔어. 무슨 시시한 공포 영화였던 것 같아. 별로 덥지도 않은데 상영관에서 냉방을 하고 있어서 몸이 차가워진 나는 몸을 웅크렸지. 댄이 자기 재킷을 벗어 주더라고.

"땡스."

내가 말했어.

"워워워?"

댄이 말했지.

"쏘리(뭐라고)?"

내가 물었어.

"워미러?"

댄이 다시 말했어.

그렇게 다섯 번은 되풀이해서 물었던 것 같아. 끝내 댄이 뭐라고 하는지는 알아듣질 못했어. 영화를 다 보고 혼자 집에 돌아오는 길에 비로소 그게 무슨 말이었는지 감이 오더라. 걔가 "웜 이너프(Warm enough)?"라고 물어본 거였어. 이놈의 영어……

아무리 리스닝 공부를 해도 원어민들이 빨리 하는 말은 절대 못 알아먹어. 그때는 정말 내가 과연 영어를 잘하게 되는 날이 올지 불안과 초조의 연속이었지. 내가 남자를 이 정성으로 짝사랑해 본 적도 없다, 진짜.

이제 따뜻해? 뭐라고? 이제 따뜻해? 뭐라고? 이제 따뜻해? 뭐라고? 이제 따뜻해? 뭐라고? 이제 따뜻해? 뭐라고? 아냐, 됐어.

내가 알아듣지 못하는 모습을 뻔히 보면서 다른 말로 표현할 생각도 못하고 계속 그 두 단어를 고집하다니, 걔도 참 천치 같아. 댄과 헤어지게 된 계기는 다른 사소한 사건이었지만, 그날 집에 가는 길에 이미 마음속으론 이별을 준비했던 것 같아. 서양 애들하고는 못 사귀겠다, 뭐 그런 거.

댄이랑은 같은 아파트에 사니까 이후에도 엘리베이터에서 가끔 마주쳤지. 나랑 헤어진 다음에도 또 다른 아시안 여자애를 사귀더라고. 나 참, 어이가 없어서. 걘 그냥 그런 취향이었던 거야. 쟤가 지금 사귀는 애랑 나랑 얼굴은 구별할까? 그런 생각이 들더라.

어학원을 수료한 다음에는 센트럴캔버라대학 시드니 캠퍼스의 회계학 대학원에 입학했어. 우리로 치면 '충북대 서울 분교'쯤 되는 곳이지. 캠퍼스가 그냥 덜렁 건물 하나야. 잔디밭 뭐 그런 거 없어. 호주 영주권 따려고 몰려오는 사람들 상대로 학위 장사를 하는 곳이야.

그러다 보니 말이 대학원이지 학문, 연구, 그런 거 없거든. 회계학 석사과정만 해도 대학원생이 200명쯤 됐으니까. 그러다 보니 평가도 기계적이었는데, 한국 학생들은 전년도 시험이나 과제들을 한국인 선배들로부터 물려받았지. 그런데 난 댄이랑 사귀는 동안 한국인 유학생들이랑 사이가 멀어져서 그런 족보를 구하기가 힘들었어. 원래 한국인 여자애가 서양인 남자애와 사귀게 되면 다른 한국 애들과는 관계가 서먹해져. 안 보는 데서는 큰 게 그렇게 좋니 어쩌니 하며 내 뒷담화도 많이 했겠지.

그즈음 내가 한국 학생들이 없는 셰어 하우스로 집을 옮기기도 했어. 일단 한국 애들과 어울리다 보니 영어가 늘지 않았거든. 그리고 돈이 아깝기도 했어.

닭장 셰어에서는 저녁 무렵에 꼭 운을 띄우는 애가 있어. "우리 오늘 술이나 마실까?"라고. 그러면 애들이 다 같이 10달러씩 갹출을 해서 술과 안주거리 살 돈을 모아. 물론 그렇게 모은 돈으로 음식은 엄청나게 많이 살 수 있지. 그런데 혈기왕성한 남자애들이 먹는 양도 엄청나.

분명히 같은 돈을 냈는데 남자애들은 여자들이 먹는 것보다 배는 더 많이 먹고, 술도 배는 더 많이 마셔. 보고 있자면 얄미워져. 호주 사는 내내 늘 돈에 쪼들렸거든. '저 치킨 샐러드 남기면 내일 도시락으로 먹을 수 있는데.' 이런 생각이 이어지다 보면 그러지 않으려 해도 속으로 삐쳐서 한동안 남자애들에게 쌀쌀맞게 대하게 돼.

닭장 셰어 생활이 그래. 좀 웃겨. 늘 「뉴 논스톱」 분위기는 아니야. 설거지나 청소를 분담해야 하는데 안 하는 애들이 꼭 있고, 그것 때문에 티격태격하다가 언성 높아지고 고성 오가고, 사람이 쩨쩨해져.

이사를 할 때에는 재인이 도와줬어. 걔가 또라이긴 했어도 뭐랄까, 의리가 있다고나 할까, 묘하게 믿음이 가는 구석이 있더라. 또 비록 한국인 유학생들과는 사이가 서먹해졌다고 해도, 정착 초기에 같은 유학원이랑 어학원 다닌 사람들 사이에는 끈끈한 정 같은 게 있어. 입사 동기 비슷하지.

호주에서 남자를 사귀면 사귈수록 지명이 생각나더라. 이상하지. 아니, 생각해 보니 이상하지도 않네. 시드니에서 사귄 애들 중에 지적 수준이나 인격 면에서 지명이보다 떨어지지 않았던 애는 한 명밖에 없었거든. 그게 리키였는데……. 아니, 리키가 지명이보다 나았다고 할 수는 없겠어. 리키는 인도네시아 출신이었는데……. 걔에 대해서는 다음 장에서 쓰도록 할게.

4 신분 차이

설사 내가 호주로 가지 않고 한국에 남았다 해도 지명이랑 맺어지는 건 쉽지 않았을 거야. 걔네 부모님이 격렬하게 반대했을 테니까. 이유는 신분 차이.

　이렇게 쓰면 내가 무슨 재벌 3세라도 사귄 것처럼 들릴 테지만, 지명의 아버지는 꼴랑 서울 어느 대학의 교수였어. 그리고 지명의 어머니는 음……, 그냥 되게 재수 없는 강남 유한마담이었어. 누나는 강남 유한마담 후보생. 내가 그 집 가족을 만났을 때에는 유아교육인가 뭔가를 대학원에서 배우고 있었어.

　지명이 제대 휴가를 나왔을 때, 그러니까 내가 앳된 신입사원이었을 때, 걔네 가족과 저녁을 같이 먹었지. 명동의 고급 중식당에서 만났어.

남자 친구의 부모님을 뵙는 건 처음이라 입사 면접 때 입었던 정장을 입고 1980년대 여배우 같은 화장을 하고 나갔어. 명동 바닥에 나보다 화장 진한 여자가 없더군. 자기 부모님이 어떤 분인지에 대해 설명을 흐리면서 지명의 표정이 살짝 어두워지기에 마음의 준비는 단단히 했어. 사실 나는 그 집 가족들을 만날 생각이 없었는데 지명이 우겨 대는 바람에 끌려온 자리였어. 나중에 알고 보니 그 집 식구들 역시 지명한테 끌려 나온 거더라고.

전형적인 한국 부모님들이 아들 여자 친구에게 던지는 질문들이 뭔지는 나도 알고 있었으니까, 적잖이 걱정이 됐지. 아버지는 뭐 하시니, 라고 물으실 때 "빌딩 경비 하십니다."라고 대답할 수도 없고, 형제들은 뭐 하니, 라고 물으실 때 "딸만 셋인 집안에서 제가 둘째인데 언니는 커피숍 알바 하고 동생은 그냥 놉니다."라고 답할 수도 없는 노릇이잖아.

그런데 지명이 부모님은 예상과 달리 그런 걸 묻지 않더라. 사실 그분들은 나한테 아무것도 묻지 않았어. 난 지명의 가족들이 벌이는 조금 이른 지명의 제대 기념 축하 파티에 불쑥 들어와 자리에 앉은 외판원 같았어. 처음에는 곤혹스러운 취조를 당하느니 차라리 이게 낫다 싶었는데 점점 기분이 나빠지더라고. 지명을 제외하고는 아무도 내게 눈길조차 주지 않았거든.

꿔다 놓은 보릿자루처럼 앉아 있는 나를 보다 못해 지명이 거들고 나섰어.

"걔나가 「네 멋대로 해라」 왕팬이에요. 누나도 그 드라마 엄청 좋아하지 않았던가?"

걔가 유아교육인지 뭔지를 공부하는 자기 누나에게 그렇게 물었지. 그러자 그 언니는 조금 전까지 동생을 향해 짓고 있던 미소를 싹 감추며 "아니? 나 그 드라마 좋아한 적 없는데." 하고 대꾸하는 거야. 그 말을 하면서 내 쪽을 향해 'TV 드라마나 보고 있다니, 정말 한심하다.' 이런 눈빛을 보내더라고.

그 표정을 보고 있노라니 내가 여기서 뭐 하고 있는 건가, 하는 생각이 들더라. 이 사람들 왜 이러지? 내가 뭘 잘못했나? 어이가 없어서 앞에 놓인 잔을 비우고 맥주병에 손을 뻗어 술을 잔에 따랐어. 그걸 마셨더니 지명이 아버지가 처음으로 내게 질문을 하시더라.

"더 들겠나?"

"네."

나, 그날 그 자리에서 맥주 세 병 마셨어.

"미안해. 우리 부모님이 원래 저런 분들이 아니신데……."

중식당에서 나온 지명은 나한테 변명하기 바빴지.

"됐어. 나한테 나쁜 얘기를 하신 것도 아닌데, 뭐. 그냥 자기 가족이 아닌 사람한테는 아무 관심이 없으신 분들이네. 나도 그분들한테 별 관심 없었으니까 괜찮아."

"그게 아니라 내 잘못이야. 내가 나오기 전에 너희 집 사정이 이러저러하다고 말씀드렸거든. 아버지는 뭐 하시고, 언니랑 동생은 뭐 하고 그런 거. 괜히 식사 자리에서 갑자기 그런 거 물어보시면 네가 곤란해할 것 같아서. 그래서 그분들도 아예 너를 곤란하게 만들 질문은 던지지 않으셨던 것 같아."

지명이 슬슬 내 눈치를 살피며 말하더군.

"내가 무슨 생각 하는지 알아? 그게 너희 가족 수준이야. 서양 부모들이 이런 상황에서 똑같이 행동할까? 안 그럴걸? 서양 사람들은 자식의 이성 친구들에게 최근에 본 영화가 뭔지, 음악은 어떤 장르를 좋아하는지, 혹시 재즈는 좋아하는지를 물을 거야. '누구를 좋아한다고? 나도 되게 좋아하는데. 공연 가 봤어?' 그럴 거야."

내가 울컥해서 걸음을 멈추고 말을 쏟아 냈어. 한 번 말문이 터지자 멈출 수가 없더라.

"야, 그리고 너희 집이 뭐 그렇게 잘났어? 내가 이건희한테 무시를 당했으면 이해를 하겠다. 너희 집이 강남에 아파트 한 채 있는 거 말고 가진 게 또 있어? 대학 교수가 그렇게 높은 자리야? 교수는 빌딩 경비 딸 무시해도 되는 거야?"

"미안해, 계나야. 미안. 내가 사과할게."

나는 팔을 잡으려는 지명의 손을 뿌리쳤어.

"아니면, 네가 나랑 같이 다니면 안 될 정도로 잘난 존재야? 자기 아들딸 봐 가면서 남의 자식 무시해야지. 야, 너랑 나랑 같은 대학 같은 과 다녔어. 나 너만큼 공부했다고. 너처럼 엄마가 과외 붙여 주고 학원 보내 줬으면 훨씬 좋은 대학 갔을 거야. 나 괜찮은 회사 다니고 돈도 벌어. 너희 언니는 뭐야? 꼬맹이 애들 보살피는 걸 뭘 대학원 가서 배우고 있어? 취직 못해서 그러는 거잖아. 정말 웃기고 지랄하고들 있네."

폭포처럼 쏟아지는 비난을, 지명은 애처로운 미소를 지으며 참아 냈어. 그러더니 내게 봉투를 하나 내밀더라.

"이거, 우리 어머니가 너 주래. 요 앞 백화점에 가서 뭐라도 사라고."

그가 내민 건 롯데백화점 상품권 봉투였어.

"야, 내가 거지인 줄 알아? 적선하냐?"

나는 갑자기 열이 올라서 그 봉투를 받아 그대로 좌악 찢어 버렸어. 봉투가 두툼했더라면 미련이 남았을 텐데, 다행히 봉투가 참 얇더군.

두 달쯤 뒤에 한 번 더 폭발했지. 술을 마시다 걔네 가족 얘기가 또 나왔거든. 지명이 뒤늦게 고백하더라고. 아버지한테서 간곡한 메일을 받았대. 나랑 헤어지라는.

"네가 오해하지 않았으면 좋겠는데……. 난 아버지랑 연을

끊으면 끊었지 너랑 헤어질 생각은 추호도 없거든. 아버지 친구분이 옛날에 형편이 어려운 집안 딸이랑 결혼했다가 너무 고생하는 걸 보셨대. 결국에는 이혼을 하더라는 거야. 그래서……. 우리 아버지도 좋은 분이셔. 정말 내가 존경하는 분인데……."

지명이 더듬더듬 변명했지.

"야, 그래? 넌 그렇게 돈으로 사람 판단하는 분을 존경하는구나? 야, 헤어져, 헤어져. 이참에 효도나 해라."

"아니, 그게 아니라……. 내 탓도 좀 있어. 부모님한테 처음에 충격요법을 썼거든. 난 이 아이랑 결혼할 마음으로 만나고 있다, 그 집 맏사위가 될 생각이다, 그러면서. 너희 큰언니가 결혼 생각이 없으시다며. 그래서 이렇게 말했어. '난 그 집 아버님 어머님이 돌아가시면 상주 노릇도 할 거다, 그 집 형편이 아무리 어려워도 내 뜻을 꺾지 못한다…….'"

"야, 우리 부모님이 돌아가시는데 왜 네가 상주가 되냐?"

"원래 아들이 없고 딸만 있으면 사위가 상주가 되는 거야."

"무슨 말도 안 되는 소리를 하고 있어? 사위는 백년손님이라는 말 몰라? 손님이라는 게 뭐야? 주인은 아니라는 뜻이잖아."

그렇게 박박 우겨 댔지. 양반들의 예의범절에 대해 일자무식이었던지라.

리키는 인도네시아 남자애였어. 대학원 1학기 마칠 때쯤 알게 돼서 꽤 오래 사귀었지. 조별 과제를 하는데 얘가 능청스럽고 비틀린 농담을 은근히 자주 하더라고. 그런데 나만 웃고 남들은 못 알아들어. 영국식 유머인가, 미국식 유머인가? 시침 뚝 떼고 짧고 냉소적으로 한마디 던지는 거 있잖아. 그런걸 잘했어. 알아들으면 웃겨 죽는데 다른 애들은 그게 유머인지 자체를 모르더라고.

특히 한국 애들이 리키의 정체를 잘 몰랐어. 가무잡잡한 피부에 코가 낮고 입이 약간 튀어나온 사람이, 사실은 영리하고 냉소적이라 생각하는 게 그렇게 어려웠나 봐, 한국 사람들한테는. 리키도 그 사실을 알고 있었어.

"인도네시아 사람들 생활수준이 한국보다 낙후된 건 맞는데, 그렇다고 생각이나 문화 수준까지 몇십 년 뒤떨어진 건 아니거든. 우리나라 사람들도 브리트니 스피어스 따라 부르고 콜드플레이 좋아해."

나와 조금 알게 됐을 때 리키는 그런 말을 하며 웃었어. 친해지니까 더 날카롭게 한국 유학생들을 비꼬더라고.

"한국 애들은 제일 위에 호주인과 서양인이 있고, 그다음에 일본인과 자신들이 있다고 여기지. 그 아래는 중국인, 그리고 더 아래 남아시아 사람들이 있다고. 그런데 사실 호주인과 서양인 아래 계급은 그냥 동양인이야. 여기 사람들은 구별도 못해. 걔들 눈에는 그냥 영어 잘하는 아시안과 영어 못하는 아시안이 있을 뿐이야."

나와 사귈 때쯤에는 더 신랄해졌어.

"너도 보면 알 거야, 사실 남아시아에서 온 애들이 더 잘살아. 태국이나 베트남에서 온 애들은 그 나라에서는 잘사는 애들이거든. 반면에 일본에서 온 애들, 한국에서 온 애들은 다 가난한 집 출신이잖아. 너희 나라에서 좀 사는 집 애들은 미국이나 캐나다에 가지."

리키의 아버지는 자카르타에서 호텔을 두 개나 운영하는 부자였어. 리키는 넷째 아들이었고, 걘 언젠가는 아버지의 재산을 일부 물려받아 자기 사업을 할 거라고 했어. 호주에는 영어와 회계학을 배우러 온 참이었어.

"그래 봤자 너도 다른 애들이랑 똑같잖아. 우리 학교 다니는 애들은 다 똑같은 거 아니야? 여기서 진지하게 공부하는 사람이 누가 있어?"

내가 그렇게 물으니까 이렇게 대답하더라.

"공부에 뜻이 없긴 나도 매한가지지만, 난 호주에 살려고 온 게 아니야. 영주권이나 시민권에 그렇게 연연하지 않아. 호주는 영어를 배울 수 있는 나라 중 가장 가까운 나라라서 온 거야."

"인도네시아가 호주랑 가까워?"

내 질문에 그는 아무 대답도 하지 않고 입을 떡 벌리는 시늉만 하더군. 나중에 지도를 봤더니 호주와 인도네시아는 한국과 일본만큼이나 가깝더라고. 그만큼 내가 인도네시아에 대해 정말 기초적인 지식도 없었던 거지. 호주와 인도네시아가 앙숙 관계라는 사실도 몰랐어. 인도네시아에서는 신분증에 종교를 기재하게 돼 있다고 리키가 얘기해 주더라. 그래서 자기는 신을 믿지 않지만 신분증에는 무슬림이라고 적었대.

그런 그도 답하지 못하는 질문이 몇 개 있었지. 하나는 "왜 인도네시아 회교도들이 폭탄 테러를 저지르는가?"였지.

"그건 정말 모르겠어. 미국이 그렇게 싫다면 미국에 가서 테러를 저지르든가 아니면 미국 대사관에다 폭탄을 던져야지, 왜 같은 나라 사람들을 죽이는 거야? 천치 같은 놈들."

또 다른 질문은 "너는 부잣집에서 아무 걱정 없이 자랐는데 왜 그렇게 성격이 배배 꼬였어?"라는 것이었어. 리키도 고개를 좀 갸우뚱하다 이렇게 답하더라고.

"그냥 어떤 사람들은 어려운 환경에서 커도 낙천적인 성격이 되고, 어떤 사람은 유복하게 자라도 시니컬해지는 것 같아. 내 생각엔, 키에나 너도 나랑 같은 타입이야."

자기는 내가 다른 한국인 유학생들과 달리 떼로 다니지 않는 모습에 눈길이 갔대. 그런데 리키도 다른 인도네시아 학생과 잘 어울리지 않았어. 걔네가 화교라면서.

리키랑 나는 피차 소속된 친구 집단이 없었기에 팀으로 제출해야 하는 숙제를 곧잘 같이 했어. 걔는 시티에서 차로 15분쯤 걸리는 고급 주택가에 단독주택을 빌려 혼자 살았어. 자기 차로 나를 데려오고 다시 시티로 바래다주고 그랬지. 그 집에 갈 때마다 어찌나 걔가 부럽던지. 나는 나이가 서른이 되도록 한 번도 독방을 써 본 적이 없잖아. 자기 전에 불을 켜고 책을 읽을 수도 없었고, 음악은 언제나 이어폰으로 들어야 했어.

리키는 보름에 한 번꼴로 인도네시아에 갔거든. 그럴 때 내가 그 집에서 주말을 보내기도 했어. 방이 두 개, 침대도 두 개 있는 집이라 걔가 쓰는 침대에서 잘 필요는 없었지. 그런 날에는 얼마나 달게 잤는지. 그리고 아침에는 새 지저귀는 소리에 잠에서 깼어.

당시에 나는 다른 한국인은 한 명도 없는 셰어 하우스에서 살았는데, 거긴 정말 최악이었어. 거실에 커튼처럼 천막을 치고 작은 공간을 만들어 거기에 침대를 놓고 살았거든. 막상 살아 보니 방에서 사는 것과 거실에서 사는 게 크게 달라. 거실에서는 다른 사람들 떠드는 소리가 그대로 들어왔고, 누군가 불쑥 천을 들추고 안으로 들어올 것 같은 두려움에 늘 시달렸어.

"베란다에도 폴란드 애가 한 명 살거든. 그런데 이 녀석이 자기 친구들을 자주 데려와서 거실에서 함께 대마초를 피워.

그러면 그 풀 타는 냄새랑, 낄낄거리며 웃는 소리가 그대로 커튼 안으로 들어와. 정말 힘들어."

'베드버그'라고 부르는 서양 벼룩이 날뛰어 곤욕을 치렀다는 이야기는 차마 못했지. 쪽팔려서. 농장에서 일하고 오는 워홀러(워킹홀리데이 비자 소지자)들 때문에 그런 벌레가 끊이지 않았어.

"너보고는 같이 피우자는 말 안 해? 넌 안 피워 봤어?"

"한 번 피워 봤어. 그런데 너무 긴장해서 그런지 몸이 잘 받아들이지 못하더라고. 그리고 나한테는 술이 있으니까."

리키는 기지개를 켜며 "난 대마 피우는 사람도, 술 마시는 사람도 이해가 안 간다."고 말했어. 그러는 걔는 곧잘 카지노에 가서 시원하게 돈을 잃고 왔어.

"그 집에서 살기 힘들면 여기 와서 함께 살아. 렌트비 안 받을 테니. 방도 남고, 침대도 남잖아."

리키가 불쑥 제안했어. 난 손가락으로 볼펜을 몇 번 돌리다가 별로 내키지 않는다고 대답했어.

"왜?"

"난 거지가 아니니까."

"그러면 방세를 좀 내. 네가 마음 편할 정도로만. 그러면 되는 거야?"

그런 식으로 말하면 더 받아들일 수 없지. 지명이었다면 그럴 때 나를 살살 어르고 달랬을 거야. 리키는 그러는 대신 "후회하지 않을 자신 있어? 난 더 권하지 않아."라고 말하더라. 주말까지 답을 달라면서.

됐다고 답해 주고는 집에 돌아와서, 대마초 연기가 가득한, 방도 아닌 방에 커튼을 치고 누워서, 천장을 쩨려보면서 생각했지. 내가 자존심이 너무 센 걸까? 가난하게 자라 콤플렉스 덩어리가 된 걸까? 내가 우습게 보이나? 내가 동거에 대한 거부감이 과한가? 폴란드 남자, 태국 남자, 스페인 남자와 한 지붕 아래서 사는 주제에?

그해 여름 학기가 끝나 갈 즈음 리키는 훨씬 더 큰 제안을 해 왔어.

"지난주에 자카르타에 가서 아버지를 만나고 왔어. 이제 학교도 한 학기밖에 안 남았으니까 졸업하면 어떻게 할 건지 물어보시더라."

"아, 그랬구나. 어떻게 할 건데?"

"인도네시아로 돌아가야지. 빨리 일을 하고 싶어. 아버지한테 돈을 빌려서 무역업을 좀 해 볼까 해. 자동차 부품 수입하는 일 같은 거."

"괜찮게 들리네."

전혀 알지 못하는 분야라서 나는 그렇게만 말했지.

"아버지한테 네 사진도 보여 드렸어. 좋아하시더라. 얼굴이 어떻게 이렇게 희고 예쁘냐며."

"그래?"

좀 떨떠름한데.

"그래서 말인데, 학교를 졸업하고 나면 나랑 같이 인도네시아로 가지 않을래? 어차피 너한테는 호주나 인도네시아나 외국이긴 마찬가지잖아. 그런데 두 나라 중에 너한테 기회가 많은 곳은 분명 호주가 아니라 인도네시아야. 여기서 네가 할 수 있는 일이 뭐겠어? 나랑 인도네시아에 가는 게 훨씬 낫지 않을까? 나는 인도네시아어와 자바어, 영어를 할 줄 알고, 너는 영어와 한국어를 할 줄 알지. 한국에서 인도네시아로 여러 가지 물건을 수입하는 사업을 나랑 같이 하는 거야."

"하지만 난 인도네시아에 대해 아무것도 모르는데. 거기서 어떻게 살아야 할지 전혀 감도 잡히지 않아. 당장 가서 잘 곳도 없다고."

내가 어리둥절해져서 말했어.

"나랑 같이 살면 되잖아."

리키가 말했어.

"지금 이게……, 너 나랑 결혼하자거나 그런 거야, 지금?"

"응. 같이 인도네시아에 가자."

걔가 샌드위치를 다 먹은 뒤 포장지를 구기며 대답했어. 그런 얘기를 한 게 대학 건물 매점이었어.

"왜? 싫어?"

뜨악한 내 표정을 보고 리키가 물었어.

"그게 아니라…… 이건 너무 갑작스럽잖아. 이렇게 말하는
건……."

"인도네시아 사람이랑 결혼하는 건 안 내켜?"

리키의 얼굴이 조금 굳어졌어.

"내 말은, 이런 건 조금 로맨틱하게 청해야 한다는 거야."

"나는 우리가 같은 부류라고 생각했는데."

리키의 눈에는 불신의 빛이 역력했어. 조금 뒤에 "네가 예
스라고 답할 거라면 도일즈에서 프러포즈할게."라고 덧붙이더
군.

"무슨 사업 제안하는 것 같다."

그렇게 대꾸해 줬어.

"이게 비즈니스 프러포절이라면, 거절한 뒤에 후회하지 않
을 자신 있어? 난 더 권하지 않아. 너무 늦기 전에 답해 줘."

리키가 말했어. 나는 끝내 "예스."라고 답하지 않았지. 그리
고 우린 얼마 뒤에 헤어졌어. 걔는 나랑 헤어진 다음에 금방
어느 태국 여자애랑 사귀더라.

지금은 좀 후회해. 그때 걔의 제안을 받아들였어야 했는데,
하고 후회하는 게 아니라 그 반대야. 리키도 나를 분명히 좋
아하긴 했거든. 내가 걔한테 평계를 만들어 줬어야 했던 거

아닌가 싶어. 내가 리키한테, "나한테 무릎 꿇고 제대로 청혼해, 난 기다리지 않으니까 너무 늦기 전에 해."라고 말했어야 했던 거 아닌가 싶어. 얘가 혹시, 자기는 인도네시아 사람이고 나는 한국 사람이라서 나한테 더 고개를 숙이고 싶지 않았던 거 아닐까 하는 생각이 들거든.

한국 애들이 동남아 사람을 얼마나 차별하는지 알아? 농담이랍시고 나한테 이래. "야, 동남아는 좀 암내 나지 않냐? 괜찮냐?" 아니면 "야, 넌 왜 뷔페 와서 볶음밥 먹냐? 인도네시아 볶음밥은 뭐 다르냐?" 아마 리키도 그런 걸 알았을 거야. 우리 사귈 때 그렇게 인도네시아 사람과 한국 사람 이야기를 많이 한 것도 그래서였지 싶은데…….

모르겠어. 그냥 걔가 결혼을 가볍게 생각했을지도 모르지. 어쨌든 이슬람 국가 남자잖아. 연애용 아내, 사업용 아내, 자식을 낳기 위한 아내, 이렇게 아내를 여러 명 둘 참이었는지 누가 알아.

내가 이민을 가겠다고 하니까 엄마랑 아빠는 각기 다른 이유를 들면서 내 마음을 돌리려 들었어.

아빠는 "2년 정도만 더 있다가 가면 안 되겠니?"라고 하셨어. 내가 호주에 가려고 모은 돈이 그때 아빠한테 필요했거든. 우리 동네는 '아현동재정비촉진지구'야. 내가 중학생 때부터 재개발한다는 이야기가 돌았어. 아빠는 10년 가까이 그 재개발만 바라보며 살았지. 재개발이 되면 우리 가족도 이 지긋지긋한 가난에서 벗어나 아파트에서 살게 되고, 중산층 끝자락을 잡을 수 있을 거라 믿으셨나 봐. 믿으려고 노력을 하셨나 봐.

그놈의 재개발, 영영 이뤄지지 않을 줄 알았는데. 내가 호주 이민을 준비하던 즈음에 갑자기 진척이 되더라? 동네 주변 땅이 팔렸다는 소식이 슬금슬금 들어오고, 어느 날 집으로 조합원 분담금 안내문이라는 종이가 날아왔어. 18평 아파트로 가고 싶다면 돈을 안 내도 되지만 24평으로 가고 싶다면 1억 원을 더 내라는 내용이었지.

"아빠랑 엄마가 일단은 부지런히 마련해 볼 텐데, 사정이 여의치 않으면 그때는 우리 딸내미들 돈도 좀 빌릴게."

어느 날 저녁 식사 자리에서 아빠가 그렇게 말씀하셨어. 두 분이 모은 돈이 6000만 원가량 있었고, 2000만 원 정도는 알음알음으로 빌릴 수 있지만, 2000만 원은 여전히 모자란다고 하시더라. 이미 대출을 많이 받아서 은행에서는 돈을 빌릴 수 없대.

처음에 그 말을 들었을 때에는 몹시 열이 받았지. '딸내미들 돈'이라고 했지만 사실은 내 돈 얘기잖아. 혜나 언니는 서른이 넘도록 스타벅스에서 아르바이트를 하고, 동생 예나는 점심때까지 자다가 PC방으로 출근하는 아이야. 우리 자매 중에 제대로 돈을 버는 사람은 나밖에 없었어. 그리고 내가 그 때까지 모은 돈이 꼭 2000만 원이었어. 센트럴캔버라대학에 등록금으로 낼 돈이었지.

그 재건축이 쉽게 오지 않을 기회이고 18평 아파트보다 24평 아파트의 미래 가치가 훨씬 더 높다는 점은 나도 인정해. 속이 부글부글 끓었지만 2000만 원을 아빠에게 빌려주겠다고 약속했지. 그리고 아빠가 2년 정도에 걸쳐 그 돈을 갚고, 아니면 내가 회사 생활을 2년 정도 더 하면서 다시 2000만 원을 모으고, 그때 내가 호주로 떠나기로 합의를 봤어.

몇 달 뒤에 그 약속을 내가 일방적으로 파기했지. 3월이라고 약간 얇은 옷을 입고 출근한 게 탈이었어. 그날은 자정이 넘어가면서부터 몸이 으슬으슬 떨려 오는데 제대로 감기에 걸렸구나 싶더라. 사무실 공기가 너무 건조해서 목이 찢어질 것처럼 아팠어. 새벽에는 열과 두통으로 정신이 혼미했고. 그런데 그다음 날이 바뀐 규정을 설명한다며 야간 근무조가 한 시간 늦게 퇴근하도록 한 날이었어. 원래 근무시간대로라면 출근 시간대의 러시아워를 그나마 피할 수 있는데, 이날은 회사에서 나와 역삼역 플랫폼에 섰을 때가 꼭 오전 8시 정각이더라고.

지하철에 탄 사람들을 보니 그 안으로 발을 내디딜 엄두가 안 났지만, 그렇다고 지하철역에서 나와 택시를 타야겠다는 생각은 들지 않았어. 너무 지쳐서 '차라리 그냥 정면 돌파를 하자.'는 마음이기도 했고, 애초에 택시라는 건 내 머릿속에 존재하지 않는 답안이거든.

생판 모르는 타인들 사이에 몸이 끼어 지하철을 타고 가는데 진짜 옆의 아저씨가 내뱉은 숨을 내가 들이마시고, 반대쪽 아저씨와 서로 같이 몸 비비며 땀 흘리는 형국이었지. 뒤에 있는 남자 그게 다 느껴지더라고. 그 아저씨가 딱히 성추행을 하려는 게 아니라 그냥 몸이 너무 바짝 붙어 있다 보니 물렁물렁한 상대의 살덩이를 엉덩이로 감지하게 되는 거야.

눈앞에 "코·가슴, 이젠 무통증으로 예쁘게 되자."는 광고가 있더라. 한 시간 동안 그 광고를 보면서 나는 생각했지. 지금 이 고통은 금방 잊힐 거라고. 기억에 남지 않는 고통은 고통이 아니라고. 정신을 잃지 않기 위해 이를 얼마나 악물었던지 나중에는 턱이 다 아팠어.

아현역에서 내려 지상으로 올라오니 눈이 오더라. 참 기가 막히지? 몸에 닿자마자 녹아 버리는 가는 눈이었어. 바람이 얇은 점퍼 안으로 숭숭 들어왔어. 찬 공기 때문에 잠시나마 정신이 번쩍 들더라. 발바닥은 깨진 유리 조각 위를 걷는 것처럼 시리고 아픈데 손끝은 감각이 없었어. 아현시장 골목에 들어섰을 때에는 몸이 덜덜 떨리기 시작했어. 너무 추워서 눈에서 눈물이 줄줄 흘렀어. 시장 아저씨들이 커다란 드럼통에 나무 판때기를 넣고 불을 지피고 있었는데, 진심 내 손발을 그 안에 집어넣고 싶더라.

쓰러지기 직전에 집에 겨우 도착했어. 감기약을 먹고 보일러 설정 온도를 최고로 높이고 자리에 누웠는데 몸이 따뜻해지지가 않더라. 동생 예나가 내가 누워 있는 옆에서 컴퓨터를 켜고 게임을 했어. 딴에는 나를 배려한다고 헤드폰을 쓰고 있었지만 컴퓨터에서 나는 폭발음이랑 비명 소리가 똑똑하게 들렸어. 예나한테 게임은 PC방 가서 하라고 잔소리를 할 기력도 없었어. 울면서 예나를 바라봤더니, 예나가 장갑을 끼고 자판을 두드리고 있는 거야. 보일러를 아무리 돌려도 바닥만 뜨거워질 뿐, 실내는 여전히 썰렁했던 거지. 추위를 타지 않는 예나가 손이 곱아서 게임을 제대로 하기 힘들 정도로.

도대체 난 여기서 어디로 가야 해? 여기서 내가 도망칠 수 있는 곳은 아무 데도 없는 거야. 이런 일을 내년에도, 내후년에도 또 겪어야 해? 차라리 죽는 게 낫다 싶었어. 나는 울면서 속으로 중얼거렸어.

아빠, 미안해요. 그냥 18평에서 사시면 안 돼요? 난 여기서 도저히 더는 못 살겠어요.

며칠 뒤 울면서 아빠한테 계약 파기를 선언했지. 아빠는 우리가 24평 아파트에 입주하면 나한테 독방을 주겠다고 하시더라. 방이 세 개니 엄마와 아빠가 한 방을 쓰고, 혜나 언니와 예나가 또 한 방을 쓰고, 남는 방 하나를 내가 쓰면 된다는 거지. 난 내가 호주로 간 뒤 18평 아파트에서 네 사람이 방 두 개를 쓰면서 살면 될 거라고 맞섰고.

24평 아파트를 갈 수 없게 되면서 부모님이 모은 6000만 원은 당장 쓸 곳이 없어졌지. 아빠가 혜나 언니랑 예나한테 평소 그렇게 노래를 부르던 해외여행 이참에 갔다 오라고 500만 원을 주시더라. 나한테는 한 푼도 없고.

언니랑 예나는 그 돈으로 보름 동안 이탈리아에서 놀다 왔어.

"다른 나라는 안 가고 이탈리아에만 있다가 오겠다고? 그게 무슨 소리야? 가는 김에 다른 나라도 다 보고 와. 돈 아깝잖아."

내가 뭐라 하니까 예나가 나더러 무식하대. 여행이 무슨 뷔페냐고.

"여러 나라를 쓱 둘러보는 것보다는 한 나라를 충분히 깊이 들여다보는 게 더 추억이 될 거 같아."

혜나 언니도 슬그머니 그렇게 말하더라.

"그런 건 있는 집 자식들이나 그러는 거고, 우리 같은 애들은 런던탑이랑 에펠탑 앞에서 사진 한 방씩 찍고 오면 되는 거야. 유럽에 언제 또 가 볼 수 있을 거 같아?"

그렇게 반박했지만 언니나 예나나 내 말은 들은 척도 안 하더라.

혜나 언니와 예나가 이탈리아로 떠나 있을 때, 엄마가 어느 날 집에서 멸치를 다듬다 내게 불쑥 물었어.

"계나야, 너 정말 호주 갈 거니?"

"응, 엄마."

조심스럽게 엄마 표정을 살피며 대답했어. 엄마의 눈빛이 한없이 슬퍼 보였어.

"그래, 너 하고 싶은 대로 해. 그래도 엄마는 좀 슬플 것 같네. 자식을 자주 볼 수 없게 되니까."

"한국에 자주 올게요. 엄마도 호주에 자주 놀러 오면 되잖아. 내가 호주에서 방 많은 좋은 집 사서 엄마 오면 언제든 잘 수 있게 할게."

엄마는 고개를 끄덕이고 멸치 똥을 떼어 내다 혼잣말처럼 이야기를 시작했어.

"너 어렸을 때, 이 집에서 쥐가 많이 나왔던 거 기억나니? 쥐 잡는 끈끈이에 쥐가 붙으면 너희들이 비명을 지르면서 재미있게 구경했어."

듣고 보니 그런 일이 있었던 것 같기도 해.

할머니가 폐지를 수거하다 주워 온 책을 내가 열심히 읽었던 기억도 나. 난 어릴 때부터 책을 좋아했거든. 할머니는 나한테 《선데이서울》 같은 잡지도 거리낌 없이 주셨어. 책이라면 무조건 좋은 거라고 여기셨던 거야. 할머니는 내가 초등학생 때 아현고가도로 아래서 뺑소니차에 치여 돌아가셨지. 새벽에 폐지를 줍느라 무단 횡단하다가.

"그런데 우리 집에는 이제 쥐가 더 안 나와. 어릴 때 이 집에서 연탄을 뗐던 건 기억나니? 그때는 이 동네가 전부 연탄을 피웠지. 너희 반에 영진이라는 애가 연탄가스 중독으로 죽어서 네가 눈이 빨개지도록 엉엉 운 적도 있어. 그다음부터 네가 연탄 가는 걸 무서워했는데, 그렇다고 그걸 예나한테 시켜서 내가 혼을 낸 적도 있지."

"그랬던가? 난 전혀 기억이 안 나는데."

"그랬어. 예나가 그때 초등학교 1학년이었다, 얘."

그 일은 기억나지 않았지만 내가 어릴 때 예나에게 이런 저런 심부름을 시켰던 일은 기억나지. 버릇이 없다며 옷장에 가둔 적도 있는데. 엄마는 이야기를 계속하셨어.

"우리가 이 집에 20년 넘게 살면서 집 구조를 많이 바꿨어. 수리도 여러 번 하고. 옥상 올라가는 계단도 부엌이 아니라 거실에 있었지. 내 말은, 얼핏 생각해 보면 우리가 예전에 비해 아무것도 나아진 게 없는 것처럼 보일지 몰라도 사실 조금씩 조금씩 나아지기는 했다는 거야. 아궁이를 없애고 기름보일러를 들여놓고, 쥐도 안 나오고. 우리나라가 워낙 빨리 발전하잖니. 그러니까……."

엄마는 거기서 말을 흐렸고, 나도 뭐라고 더 말을 하지 않
았어.

혜나 언니와 예나가 돌아온 날 엄마는 집에서 삼겹살을 구
웠어. 언니와 예나는 그 삼겹살을 먹으면서도 이탈리아의 요
리가 정말 맛있었다는 둥 거기서는 돼지고기를 어떻게 먹는
다는 둥 속 터지는 이야기만 하더라고. 이탈리아 관광 자랑을
한참 듣고 나서 식사를 마쳤을 때 예나가 밀라노의 무슨 유
서 깊은 제과점에서 맛있는 과자를 많이 사 왔다며 디저트로
같이 먹자고 했어.

"언니, 거기 봉지에서 과자 좀 꺼내 줄래?"

예나가 내 뒷자리를 가리키며 부탁했어.

"아, 무슨 초콜릿인가 보네?"

내가 쿠키 모양으로 생긴 과자를 몇 개 꺼냈어.

"초코 과자는 안 샀는데."

예나가 고개를 갸우뚱하며 앉은뱅이 상에 올린 쿠키를 보
다가 갑자기 비명을 질렀어.

자세히 보니까 과자는 노란색인데, 그 표면을 개미가 새까
맣게 뒤덮고 있어서 초콜릿으로 보였던 거야. 혜나 언니나 나
나 모두 흠칫 놀랐지. 우리 집에 개미가 많은 건 알았지만, 와,
그때 그건 정말…….

"아아아! 갖다 버려! 다 갖다 버려!"

예나가 울상이 되어 소리쳤어.

"애는, 뭐 그런 거 가지고 호들갑이냐. 개미 떼어 내고 먹으면 되지."

아빠는 애써 태연한 얼굴을 지으며 빵 자르는 칼을 가져와서 과자 표면에서 개미를 쓱 긁어 떼어 냈어.

"자, 당신, 한입 드셔 보슈."

아빠한테서 과자를 건네받은 엄마는 한입 크게 쿠키를 베어 물고는 "아유, 맛있기만 하네, 얘들이 뭘 또 수선을 떨고 그러니."라며 허세를 부렸어. 엄마가 남은 과자를 내게 내밀었는데 당연히 나는 고개를 저으며 거부했지. 엄마는 그러자 아빠에게 고개를 돌렸는데 웃기는 게 아빠도 "난 과자 안 좋아해."라며 엄마 눈을 피하더라고.

"아빠, 그게 뭐야! 괜찮다고 개미 떼어 놓고는 왜 자기는 안 먹어!"

"비겁하다!"

딸들의 야유를 받으면서도 아빠는 꿋꿋했어. 그사이에 엄마는 들고 있던 과자를 슬그머니 내려놓았지.

한참을 웃고 나서 문득 '옛날에도 우리 집에 이렇게 개미가 많았나.'라는 생각이 들더라. 분명히 한때 우리 집에서는 쥐가 나왔어. 그런데 쥐가 나오지 않게 됐다고 해서 집의 위생 상태가 나아진 건 아니야. 쥐가 사라지자 바퀴벌레가 들끓었고, 바퀴벌레 다음에는 개미가 나오고, 그랬던 거야. 뭐가 바뀌긴 했는데 나아진 건 아니었어.

내가 어렸을 때 아현시장은 굉장히 번창한 곳이었어. 주말이면 장 보는 사람들로 발 디딜 틈이 없었어. 거기서 장사 몇 년 하면 금방 부자 된다고 했어. 시장에 갈 때마다 엄마가 나랑 예나를 데려가 짐을 들게 하면서 시장 입구에서 도넛이나 고로케를 사 주셨어. 그래서 그 가게 할머니를 잘 알았지. 그런데 그 도넛 파는 할머니가 부자가 된 것 같지는 않아. 아현시장은 이제 썰렁해. 요새 누가 재래시장에 가? 한국이 선진국이 됐다고, 서울이 옛날이랑 몰라보게 달라졌다고 하는데, 어떤 동네, 어떤 사람들은 옛날 그대로야. 나아지는 게 없어. 내가 그냥 여기 가만히 있는다고 더 나아질 거라는 보장은 아무 데도 없어.

석사 3학기가 끝나고 방학이 됐을 때 한국에 잠깐 왔지. 가족들도 보고 싶고 치킨이랑 자장면도 먹고 싶었지. 한데 사실 주목적은 아이엘츠라는 영어 시험을 치기 위해서였어. 아이엘츠는 영국이나 호주에서 사용하는 영어 시험이야. 토플이랑 비슷한데 말하기 평가를 면접관 앞에서 직접 하기 때문에 더 어려워.

호주에서 영주권과 시민권을 따려면 호주 이민성에서 정한 계산표에 따라 총점 얼마 이상을 얻어야 해. 나이는 젊을수록, 직업은 호주에서 인정하는 부족 직업군 종사자일수록, 영어 실력이 좋을수록 높은 점수를 받지. 한국 사람들은 한국에서 대학 졸업하고 호주에서 석사 하면서 아이엘츠를 쳐서 그 점수를 채우는 게 제일 일반적인 코스야. 그게 안 되면 서부에 사람 열 명쯤 사는 마을에서 몇 년 살거나 해서 점수를 채워야 돼.

그런데 호주보다 한국에서 아이엘츠를 치면 점수가 더 높게 나온다는 얘기가 있거든. 그래서 사람들이 가족이나 친구도 만날 겸 해서 대학원 졸업하기 전에 한국을 한 번씩 들러. 나는 서강대에서 시험을 쳤지. 시험 치는 데 하루 종일이 걸리더라. 아주 진이 빠졌어.

내 아이엘츠 점수는 8.0점. 이거 정말 높은 점수야. 얼마나 높은 점수냐 하면, 호주 사람도 이 점수 쉽게 안 나와. 나 영어 공부 진짜 열심히 했거든. 한국 드라마 딱 끊고 매일 영어 뉴스 봤고, 눈 아프고 토할 것 같을 때까지 영어 책 읽었어. 창피하고 부끄러워도 호주 사람들 앞에서 말 많이 하려고 애썼고, 밤에 사람들 앞에서 입이 안 떨어지는 악몽도 여러 번 꿨어.

그렇게 점수를 받으니까 소문이 퍼져서 비법 좀 가르쳐 달라고 여기저기서 연락이 오더라. 대단한 팁이라도 있는 줄 알 았나 봐. 써니 언니도 그중 한 명이었어. 도일즈에서 밥을 사 주더라고.

"우리 신기한 것도 시켜 보자. 게나 너, 캥거루 고기 먹어 봤니? 에뮤 스테이크는?"

써니 언니가 메뉴판을 내밀며 묻더라. 써니 언니 남편은 와 인 리스트를 들고 있었고. 그 아저씨가 "술도 좀 좋은 걸 시 키자."고 말하더라고.

써니 언니와 재인, 나는 같은 유학원과 같은 어학원, 같 은 대학 같은 과를 다닌 터라 사이가 좀 각별해. 호주에 왔 을 때 써니 언니는 이미 결혼하고 딸도 있었어. 그 딸 때문 에 호주에 왔지. 애가 지능이 좀 모자랐는데, 그런 장애가 있는 아이를 키우기에는 한국보다 호주가 낫겠다고 판단한 거지. 남편이 농장에서 막노동으로 돈을 버는 동안 언니는 공부에 전념해서 얼른 영주권과 시민권을 취득하자는 전략 이었어. 그런데 언니 영어 실력이 좀처럼 늘지 않아서 고생 을 하고 있었어.

"정말 걱정이 돼서 밤에 잠이 안 올 정도야. 여기서 과외도 받고 했는데 스피킹은 영 안 되더라고. 이번에 또 이민법이 바 뀐 거 알지? 이제는 다른 점수가 아무리 높아도 아이엘츠는 6.0 이상이어야 한대. 보너스 점수로 어떻게 메워 볼까 했는데 그것도 안 되게 생겼어."

그렇게 말하며 써니 언니는 내 손을 꼭 잡았어. 써니 언니의 남편이 헛기침을 하더니 주위를 둘러보더라. 그게 무슨 신호였나 봐.

"게나야, 정말 이런 부탁하기 나도 민망한데…… 너 나 대신 시험 좀 대신 쳐 줄 수 없겠니?"

"네?"

"내가 정말 염치가 없고 미안해. 인터넷에서 알아보니까 대리 시험 정가가 호주 달러로 만 달러라고 하더라고. 그냥 여권으로 신분 확인을 하기 때문에 걸리는 경우는 거의 없대. 어차피 여기 사람들은 우리 얼굴 못 알아보잖아. 너랑 나랑 외모도 닮았고. 만 달러는 우리한테 있고 그 정도 돈은 문제가 아닌데, 문제는 이것도 사기꾼들이 있어서 대리 시험을 쳐 준다고 돈만 받고 도망치는 사람이 많다는 거야. 그래서……."

써니 언니가 어찌나 내 손을 꼭 쥐고 있었던지 손을 빼는 데 힘이 들 정도였어.

"언니, 그건 정말 안 돼요. 저도 여기서 시민권 취득까지 생각하고 있거든요. 제가 시민권이 이미 있다면 기꺼이 쳐 드렸을 거예요. 하지만 시민권 따기 전에 여기서 전과자가 된다면 정말……."

아니, 나더러 정말 어쩌라는 거야?

재인은 대학원을 끝내 졸업하지 못했어. 거기에 내가 나름 지대한 역할을 했지.

"네 인도 애인, 오늘 태국 애들이랑 카지노에 가더라."

어느 날 학교에서 나가는데 걔가 옆에 와서는 한참 뻘쭘하니 서 있다 불쑥 말하더라.

"인도가 아니라 인도네시아야. 내 애인도 아니고."

내가 정정해 줬지. 리키와 헤어진 지 얼마 되지 않았을 때였어.

"아, 그게 다른 나라야? 그런데 왜 그렇게 이름이 비슷하냐?"

"야, 좀 무안한 표정이라도 지어라."

내가 쏘아붙이니까 재인은 태연한 표정으로 뒷머리를 긁더라고. 하긴, 무식하니까 좋은 점도 있지, 하고 난 생각했어. 걔가 동남아 출신 학생들을 깔보는 모습은 못 봤거든. 아예 관심이 없으니 그럴 일도 없는 거겠지.

"너는 안 가? 카지노에."

재인이 뒷머리를 계속 긁으면서 물었어.

"난 안 가. 카지노 같은 데엔. 그리고 머리 좀 그만 긁어. 그러다 피 나겠어."

"혹시 오늘 나랑 술 같이 마셔 줄 수 있어? 내가 살게."

재인이 얼른 머리에서 손을 떼고 말했어. 평소 걔답지 않게

풀죽은 모습이었어.

"너 무슨 일 있니? 안 좋은 일 생겼니?"

재인은 "사실은 학교를 그만둘까 고민 중이어서……"라며 말을 흐리더라고. 놀라는 내게 걔는 "어디 펍에 가서 한잔하지 않을래?"라고 말했어. 우리는 킹즈크로스에 가서 피시 앤 칩스를 안주 삼아 맥주를 마셨어.

"이제 한 학기밖에 안 남았는데 여기서 그만두면 너무 아깝지 않아?"

내가 물었어.

"원래 회계사를 해야겠다고 생각했던 게, 내가 양복 입고 사무실에 앉아서 일하는 직업에 좀 환상이 있었거든. 그런데 아무리 공부를 해도 모르는 건 잘 모르겠더라고. 난 공부에 맞는 사람이 아닌가 봐. 모르는 건 둘째 쳐도 손익계산서니 밸런스 시트니 들여다보고 있으면 전혀 재미있지가 않아. 그리고 솔직히 이 나라에서는 사무실에서 일하는 사람이나 몸으로 일하는 사람이나 벌이도 별 차이 없잖아. 블루칼라라고 깔보는 분위기도 아니고."

재인은 포크를 손가락으로 빙글빙글 돌리며 말했어.

"달리 하고 싶은 일은 있어?"

내가 물었지.

"응. 요리사."

"요리사?"

"집에서 음식을 만들어 먹다 보니 내가 요리에 재능이 있는 것 같더라고. 요리는 하는 것도 즐겁고. 내가 원래 손으로 하는 걸 잘해. 십자수 같은 것도 아마 잘할 거야. 요리사는 석사 학위는 필요 없고, 요리 학교에서 교육을 900시간인가 받고 실습을 1년 받으면 영주권 신청 자격이 된대."

"그렇구나."

고개를 끄덕이는 나한테 재인이 "넌 어떻게 생각해?" 하고 물었어.

"어떻게 생각하냐니? 네 결심에 대해서 말이야?"

"응."

"처음에는 어이없다고 생각했는데, 듣고 보니 그것도 괜찮겠다 싶네. 아무리 우리가 호주에서 사는 게 급선무이긴 해도 하기 싫은 일을 하면서 살 수는 없는 거잖아. 자기 하고 싶은 일 하면서 살아야지. 우리 호주에 온 지 고작 2년이잖아. 그게 아깝다고 진로를 바꿀 수 없다고 생각하는 건 잘못인 거 같아. 생각해 보면 한국에서 대학 다닌 거나 고등학교 다닌 거나 지금 이 자리에 서는 데에는 아무 도움도 안 됐고 다 낭비였지, 뭐."

"그렇구나."

재인의 표정이 비로소 밝아졌어. 나는 말을 이었지.

"솔직히 나는 써니 언니도 회계사 공부를 계속하는 게 과연 옳은 걸까 싶더라고. 그 언니 영어 안 되잖아. 여기서 회계사로 영주권을 만들, 그 언니가 실제로 호주 회사에서 회계사로 일할 수 있을까? 나중에 써먹지도 못할 걸 뭐하러 배워?"

내 말에 재인은 "그 누나 영어 진짜 안 되지."라며 웃었어. 나는 재인에게 "그래도 넌 열심히 했어. 처음에 난 네가 정말 아주 쓰레기인 줄 알았어."라고 얘기해 줬어.

"내가? 왜?"

"너 어학원 다닐 때부터 밤에 술 마시고 아침에 학원 못 나오고 그랬잖아. 그때 나는 너를 보면서 속으로 도대체 저게 정신머리가 제대로 박힌 놈인가 생각했거든. 그런데 나중에 사는 거 보니까 의외로 성실하더라고."

"나 그때 술 마시고 노느라 지각한 거 아닌데."

걔가 정색을 하더라고.

"그러면 왜 그런 건데?"

"새벽에 빌딩 청소 아르바이트를 했어. 호주에 올 때 어학원에 낼 돈을 제외하고는 달랑 200달러밖에 없었거든. 그리고 빌딩 청소 알바가 페이가 꽤 괜찮아서……. 그게 청소가 좀 늦게 끝나면 트레인 시간을 놓쳐서 수업 시간에 제대로 맞춰 올 수가 없었어."

5 베이스 점프

이제 내가 시드니에서 겪은 진짜 황당한 이야기를 해 줄게. 듣고 나면 내가 뻥치는 거라고들 할 텐데, 증거 동영상도 있고 인터넷으로 검색하면 관련 뉴스도 나와. 내가 정말 재기 불능 직전 상태까지 갔던 사건이지.

음, 먼저 엘리라는 애 얘기부터 시작할게. 내가 영주권을 취득한 다음에 처음으로 얻은 풀타임 직장이 '걸즈 밸리'라는 곳이었거든. 엘리는 거기서 일하는 동료였어. 예쁘고, 늘씬하고, 자신감 넘치고, 만능 스포츠 우먼이고, 뭐 세상에 부러울 게 없는 애였지. 혼자서 2년째 세계를 여행 중이야. 간지 나는 건 다 해. 호주에서는 서부를 여행하다 애들레이드와 멜버른을 거쳐 마지막으로 시드니에 왔고, 여기서 돈을 모아 뉴질랜

드로 갈 거랬어. 그거 알아? 미국 애들이 웃기는 게, 넌 어디
서 왔냐고 물으면 "미국."이라고 대답하질 않아. 애도 그랬지.
"넌 어디 출신이니?" 하고 물으니까 "텍사스."라고 하더라.

걸즈 밸리는 교외에 있는 패스트 패션 아울렛 매장이었어.
대학원을 졸업한 뒤에 거기서 점원으로 일했어. 회계학 석사
학위와 영주권을 얻었다고 해서 쉽게 회계사 일자리를 구할
수 있는 건 아니잖아. 호주가 관광업이나 광물 수출에 크게
의존하거든. 그래서 세계 금융 위기 이후에는 이 나라 경제가
맥을 못 췄어. 뭔 놈의 위기가 미국발 금융 위기가 지나가니
까 이젠 유럽발 위기가 왔다고 하데. 멀쩡히 일 잘하던 회계
담당자들도 회사에서 쫓겨나는 판이야. 나처럼 실무 경력 없
고, 영어도 능숙하지 않은 애가 어디 가서 일자리를 얻겠어.

그래도 옷 가게에서 손님한테 마음에 없는 칭찬을 늘어놓
거나 환불 요구에 응대할 수 있을 정도로는 영어를 했지. 또
이제는 학생 비자 신분이 아니니까, 시간 제한 없이 풀타임으
로 일을 할 수 있었어. 그 옷 가게에서 엘리를 만난 거야.

한국 사람들은 상사나 손님 앞에서 자동적으로 고개가 숙
여지잖아. 그런데 나와 달리 엘리는 언제나 당당했어. 한번은
내가 본사 직원에게 별 같지도 않은 이유로 야단을 맞았거든.
우리 일 중에 제일 큰 비중을 차지하는 게 탈의실 앞에 손님
들이 벗어 두는 옷을 정성스럽게 개서 제자리에 걸어 놓는

거였어. 그 옷 양이 엄청나. 게다가 매장도 어마어마하게 넓어. 구두를 신고 일하다가는 관절 나가기 딱 좋아. 그래서 구두 대신 컨버스를 신고 일하다 매장 시찰을 나온 직원에게 딱 걸린 거였어.

"옷을 파는 사람부터 옷을 예쁘게 입어야 해. 손님들이 컨버스를 신은 너를 보면 우리 옷을 살 생각이 들겠니?"

본사 직원이 그렇게 나를 혼내고 있을 때 엘리가 옆에서 끼어들었지.

"글쎄, 우리 옷을 사 가는 사람들은 구두보다 컨버스에 어울리는 옷을 찾는 사람들 아닐까? 게다가 내 눈에는 구두를 신은 당신보다 키에나가 훨씬 스타일이 좋아 보이는데?"

그 말에 본사 직원은 얼굴이 붉으락푸르락해졌다가 아무 대꾸도 못하고 돌아섰지. 본사 직원이 사라진 뒤 내가 고맙다고 하니까 엘리가 오히려 나한테 한마디 하더라고.

"저 여자는 너를 부당하게 대했다고. 그런 때 가만히 있으면 안 돼."

"이런 게 바로 텍사스식 대처법이구나. 부럽다. 나한테는 익숙지 않은 일이라."

"이건 텍사스식이 아니야. 글로벌 스탠더드야."

애가 이것저것 간지 나는 취미 많다는 얘기는 아까도 했지? 시드니에 있는 동안 엘리는 평일에는 걸즈 밸리에서 일하고 주말에는 익스트림 스포츠에 빠져 지냈어. 자기 말로는 실내 암벽등반과 스케이트보드, 스네이크보드는 이미 준선수급이래. 묘기 자전거도 했는데 그건 시드니에서 배운 거고. 본다이 해변에서 서핑도 한번 같이 해 봤어. 이건 뭐 육상 선수랑 걸음마 하는 아기랑 붙여 놓은 거 같더군.

뭐랄까, 그때는 엘리가 내 롤 모델이었던 거 같아. 매주 월요일이면 걔가 주말에 자신이 즐긴 익스트림 스포츠를 재미있게 묘사해 줬고 난 정신없이 그 얘길 들었지. 그중에는 '익스트림 다림질'이란 것도 있어. 빌딩 옥상 난간 같은 데서 다림질을 하는 건데, 걔 말로는 사진 찍자고 하는 거래.

그 사건이 있던 날 엘리랑 나는 메리톤 서비스 아파트의 58층 발코니에서 바비큐 파티를 열었어. 내가 이때 셰어 하우스 운영자로 부수입을 챙기고 있었다는 이야기는 했던가? 영어로는 '랜드로드'가 맞는데 한국 유학생들은 '마스터'라고 부르지.

셰어 하우스를 전전하며 내 집, 내 방에 한이 맺혔거든. 원래도 좀 그런 한이 있었다는 얘기는 했지? 서른 다 되도록 독방 써 본 적이 없다고. 거기다 또 알아보니까 시드니의 집 임대료가 의외로 별로 비싸지도 않더라고. 그때까지 서울 집값 생각하고 있었던 거야. 특히 세계 금융 위기가 온 다음에는 매물이 우수수 쏟아지다시피 했어. 나는 나름대로 타깃 고객도 있었어. 무작정 싸기만 한 곳보다는 조금 돈을 더 내더라도 남자들이 없는 집에서 어느 정도 프라이버시를 보장받으면서 살고 싶어 하는 여자애들을 노렸지. 한국에서 좀 사는 집 애들. 그런 애들이 대체로 착하고 얌전하기도 했지.

메리톤 서비스 아파트는 켄트 스트리트에 있어. 달링 하버 근처야. 랜드로드 생활을 하다 메리톤에서 내놓은 임대 매물을 보게 됐는데, 그 집에 가 보곤 첫눈에 반해 버렸지. 메리톤에 6주 치 임대료를 보증금으로 내고 집을 통째로 빌려서 하숙생을 열 명 받았지.

하숙생들한테는 청소 당번을 엄격히 지키겠다는 서약서를 꼭 받았어. 친구를 집에 데려오는 것도 금지였어. 그러니까 그날 내가 엘리를 야밤에 집에 데려와서 바비큐 파티를 연 것도 규정 위반이었던 거지.

"인생을 가치 있게 만들려면 위험하게 살아야 해, 키에나."

엘리가 발코니 난간에 기댄 채로 말했어. 자긴 그래서 익스트림 스포츠를 한대. 그날이 걔가 걸즈 밸리를 그만둔 날이었어.

"그러다 잘못되면 어떻게 해? 무섭지 않아? 불구가 된다거나, 죽는다거나……."

내가 물었어.

"안 죽어. 그리고 죽는다? 그것도 나쁘지 않아."

그러더니 나더러 자기 사진을 찍어 달라고 하더라. 발코니 난간에 기댄 모습을 휴대폰 카메라로 몇 장 찍었더니 이번에는 동영상을 촬영해 달래.

"동영상? 왜?"

"위험하게 사는 삶이라는 게 어떤 건지 보여 줄게."

엘리가 가지고 온 큰 가방을 어깨에 메는 동안에도 나는 걔가 뭘 하려는지 짐작하지 못했어. 그냥 바보였던 거지. 얘가 조종사들이 입는 옷 같은 특이한 옷을 입고 왔는데. 그 가방에는 팔 말고 다리를 묶는 끈도 있었는데.

내가 말릴 새도 없이 엘리가 맵시 있게 발코니 난간을 휙 넘더라. 그리고 나한테 윙크를 하더니 시드니 밤거리로 뛰어내렸어. 그 와중에도 나는 아이폰의 동영상 촬영 모드를 끄지 않고 있었어. 걔가 찍어 주길 바란 게 그거였을 테니까. 난간으로 헐레벌떡 달려갔더니 고층 빌딩 숲 사이로 멋지게 날아가는 흰 낙하산이 보이더라. 아름다웠어, 그때는. 정말 눈이 부셨지. 왜 엘리가 우리 집 발코니에 데려가 달라고 졸랐는지 이유도 알겠더라고.

아이엘츠 시험 치러 한국에 왔을 때 대학 친구들도 몇 년 만에 만났어. 뭐, 만나서 낮부터 술을 마셨지.

"시어머니 년이 며칠 전에 택배를 보내왔거든? 뜯어 보니까 누룽지 국이니 뭐니 그런 거야. 문자도 같이 보냈더라. 내가 아침밥 하는 게 힘들 거 같아서 편하게 하라고 택배로 보내는 거래. 이게 무슨 뜻이야? 나더러 자기 새끼 아침밥 해 먹이라는 거잖아. 그런데 우리 남편은 아침 안 먹는 남자야. 자기는 중학생 때부터 아침 먹은 적이 한 번도 없대. 여보세요, 당신 아들 다니는 회사 지하 식당에서 아침밥 공짜로 나와요. 당신 자식새끼 취향도 몰라?"

술 마시는 내내 은혜가 시어머니 흉을 보더라. 다른 애들의 반응을 보니까 이미 나 오기 전에 그 얘기를 몇 번 했었나 봐. 다들 듣지도 않아.

"야, 무슨 사이트가 작동이 안 되면 내가 어떻게 하는지 알아? 이렇게 한번 해 보고, 저렇게 한번 해 보고, 요렇게도 해 보고, 조렇게도 해 보고, 사이트가 다시 돌아갈 때까지 계속 주먹구구로 그렇게 여기저기 땜빵을 해 보는 거야. 그런 땜빵을 하도 많이 해서 나중엔 뭘 어떻게 했기에 사이트가 다시 돌아가는 건지도 몰라. 이게 나만 이러는 거 같지? 우리 회사 사람들이 다 이렇게 일해. 그래서 경력이 중요한 거야, 이 업계에서. 그래 놓고는 말로는 시스템 통합이 어쩌고 웃기고 있어, 진짜."

미연은 그 IT 회사에 여전히 다니고 있더라. 여전히 컴맹이고.

정말 하품을 참으며 걔들 얘기를 들어 줬지. 자세히 들어 보면 다 흥미로워. 애들 말발도 늘었으면 늘었지 줄지는 않았고. 그런데 이상하게 재미가 없더라.

처음에는 그날 장장 여덟 시간에 걸쳐 아이엘츠 시험을 치고 온 터라 머리가 멍해서 그런 줄 알았어. 그런데 내 머리는 멀쩡하더라고. 술이 들어가니 혀도 풀려서 남의 농담도 잘 받아치고 독설도 몇 번 날렸지. 그럼 호주에 사느라 한국 얘기에 내가 관심이 없어진 건가? 그렇지도 않은 게, 그사이 한국 트렌드나 드라마 이야기는 여전히 흥미로웠거든. 경윤이 라미네이트를 한 이야기에는 배꼽이 빠져라 웃기도 했어. 한참 나이 어린 약대 동기생들과 술을 마시고는 주정 부리다 넘어져 이가 부러졌대. 지명이 소식에는 가슴 한구석이 싸하니 저려 왔어. 걔, 재수까지 해서는 결국 방송기자 시험에 합격했대. 대단하지 않아?

사실 지루한 얘기는 두 가지뿐이었어. 은혜 시어머니 이야기, 그리고 미연이 회사 이야기. 그런데 은혜랑 미연이 그 두 얘기를 너무 오래 하는 거야. 몇 년 전에 떠들었던 거랑 내용도 다를 게 없어. 걔들은 아마 앞으로 몇 년 뒤에도 여전히 똑같은 얘기를 하고 있을 거야. 솔직히 상황을 바꾸고자 하는 의지 자체가 없는 거지. 걔들이 원하는 건 내가 "와, 무슨 그럴 쳐 죽일 년이 다 있대? 회사 진짜 거지같다, 한국 왜 이렇게 후지냐."라며 공감해 주는 거지, 근본적인 해결책이 아냐. 근본적인 해결책은 힘이 들고, 실행하려면 상당한 용기가 필요하니까. 회사 상사에게 "이건 잘못됐다."라고, 시어머니에게 "그건 싫다."라고 딱 부러지게 말하기가 무서운 거야. 걔들한 테는 지금의 생활이 주는 안정감과 예측 가능성이 너무나 소중해.

시드니에서 매일 크고 작은 모험을 겪고 있어서 그런가, 옛날 친구들이 좀 얄팍해 보이더라. 내가 걔들보다 더 나은 선택을 했다거나, 내 미래가 더 밝을 거라고 말할 수는 없지만……. "호주에 올 일 있으면 연락해, 나 무지 전망 좋고 겁나 큰 아파트에서 살아."라며 휴대폰 번호와 새로 만든 이메일 주소를 알려 주고 자리에서 먼저 일어났어. 머리가 아프다는 핑계를 대고.

집에 왔더니 예나가 부모님과 막 한바탕 전쟁을 치른 참이었어. 예나가 몇 년째 9급 공무원 시험을 준비 중이었거든. 그런데 온라인 게임에서 남자를 만나서 사귀게 됐다고 하더라고. 홍대 클럽에서 활동하는 밴드에서 베이스를 연주하는 청년인데, 딱히 다른 직업은 없대. 그냥 편의점에서 아르바이트를 한대. 듣기만 해도 뭔지 알겠지?

저녁을 먹다가 그 청년 얘기가 나왔던 모양이야. "개랑은 연애만 하고, 공무원 시험 붙으면 건실한 사람 만나거라."라고 엄마가 농반 진반으로 말한 게 화근이었나 봐. 예나는 공무원 시험에 붙건 안 붙건 자기는 그 남자와 결혼할 거라고 했대. 엄마는 "두고 보자."고 타이르고, 예나는 "왜 연애까지 간섭하려 드느냐."고 맞서고, 엄마는 "공무원 시험 준비 중인 애가 연애를 한다는 것 자체가 말이 안 된다."며 꾸짖고, 예나는 "돈 못 벌면 연애도 하면 안 되냐."고 받아치고……

내가 집에 들어왔을 때 예나는 옥상에 올라가 몇 시간째 시위를 벌이는 중이었어. 착한 우리 엄마는 죄지은 표정으로 안절부절못하고. 나 같으면 예나더러 그날 밤은 그냥 옥상에서 자라고 할 텐데.

"네가 좀 올라가 봐라, 계나야. 너 예나랑 친하잖니."

어릴 때 그토록 예나를 부려 먹고 혼내던 내가 어느새 우리 가족 중 예나랑 가장 친한 사람이 되어 있더라고. 예나 개도 염치는 있어서 엄마 아빠에 대해서는 죄책감이 있는 거지. 혜나 언니는 너무 수더분해서 같이 있기에 재미가 없고. 그나마 나한테는 미안한 것도 없고 죽도 잘 맞았던 거야.

냉장고에서 산사춘 한 병 꺼내 들고 부엌 옆으로 난 철제 계단을 통해서 옥상에 올라갔어. 예나는 휴대폰으로 게임을 하다가 나를 보고는 황급히 전화기를 감추더라.

"엄마 화 많이 났어?"

애가 풀이 죽어서 내 눈치를 슬슬 살피더라고. 찬바람 부는 데서 떨어서인지 입술이 파랬어. 꿀밤 한 대 먹이고 싶은 마음도 들고, 꼭 안아 주고 싶은 마음도 들고…….

"가만히 있어 봐, 밑에서 입을 것 좀 가져올 테니."

그렇게 말하고 집으로 내려가서 점퍼랑 담요, 술, 그리고 향초를 갖고 올라왔어. 담요를 옥상 가운데 있는 평상에 깔고, 초에 불붙이고, 예나랑 산사춘을 마셨지.

"언니도 음악 하는 남자랑 사귀는 건 좀 아니라고 생각해?"

"아무래도 한국에서 밴드 하는 게 돈벌이가 되는 일은 아니니까…….'

갑자기 지명의 가족들이 생각나서 난 말끝을 흐렸어. 내가 예나의 연애를 막는 게 옳은 일이라면, 지명의 가족들이 지명을 말린 것도 같은 이유로 정당화돼야 하잖아.

"언니라면 내 편이 되어 줄 거라고 생각했는데."

"왜?"

"언니는 엄마 아빠 반대 무릅쓰고 호주에 갔잖아."

난 그냥 가만히 있었어. 내 생각에는 그거랑 이거는 완전히 다른 문제거든. 내가 호주에 간 것은 내 신분이 오를 가능성이 있는 방향으로 한 일이야. 예나가 베이시스트와 사귀는 건 별로 높지도 않은 개의 신분을 더 떨어뜨릴 가능성이 높고. 냉정하게 생각해 봐. 20대에 그런 게 벌써 정해져. 30대가 되면 바꾸는 게 쉽지 않아.

"언니, 그 남자 재능 있어. 언제 갑자기 확 뜰지도 몰라."

내가 잠자코 있자 예나는 남친이 작곡한 노래라며 스마트폰으로 음악을 틀어 주더라. 듣는 사람 마음을 쓸쓸하게 만드는 힘이 있었다는 건 인정. 그런데 뜰지 안 뜰지는 솔직히 잘 모르겠더라. 그 노래를 들으면서 예나랑 산사춘을 마셨지. 한 병을 다 비운 뒤에는 내가 집에 내려가 소주를 들고 올라왔어.

예나한테 아이엘츠 공부를 하다 읽은 영어 지문에서 본 이야기를 해 줬어.

"예나야, 너 비행기에서 낙하산 메고 떨어지는 거랑, 빌딩 꼭대기에서 낙하산 메고 떨어지는 거랑, 어느 게 더 위험한지 알아?"

"어느 게 더 위험한데?"

내 동생은 뭔 뚱딴지같은 소리냐는 듯 뜨악한 표정이었지.

"빌딩 꼭대기에서 떨어지는 게 훨씬 더 위험해. 높은 데서 떨어지는 사람은 바닥에 닿기 전에 몸을 추스르고 자세를 잡을 시간이 있거든. 그런데 낮은 데서 떨어지는 사람은 그럴 여유가 없어. 아차, 하는 사이에 이미 몸이 땅에 부딪쳐 박살

나 있는 거야. 높은 데서 떨어지는 사람은 낙하산 하나가 안 펴지면 예비 낙하산을 펴면 되지만, 낮은 데서 떨어지는 사람한테는 그럴 시간도 없어. 낙하산 하나가 안 펴지면 그걸로 끝이야. 그러니까 낮은 데서 사는 사람은 더 바닥으로 떨어지는 걸 조심해야 해. 낮은 데서 추락하는 게 더 위험해."

그런 걸 베이스(BASE) 점프라고 한대. 빌딩(Building)이나 안테나(Antenna), 교각(Span), 절벽(Earth)에서 낙하산을 메고 뛰어내린다고.

예나한테 얘기해 줄 때만 해도 글로만 읽었지, 얼마 뒤에 내가 그걸 실제로 보게 될 줄은 몰랐네. 익스트림 스포츠 중에서도 제일 위험한 종목이래. 죽을 확률이 스카이다이빙보다 40배 더 높다더라. 이걸 가르치는 교육기관이 미국에 있는데, 스카이다이빙을 100번 이상 해 본 사람한테만 가르친대.

엘리는 당연히 그런 교육을 안 받았지. 그래서 켄트 스트리트에 착지했을 때 다리가 하나 부러졌어. 마침 또 그때가 시드니에 무슨 테러 경고가 있던 시기였어. 고층 빌딩에서 낙하산이 펼쳐지는 걸 보자마자 경찰이 출동했지. 경찰이 한 발로 뛰며 도망가는 엘리한테 총까지 겨눴대. 경찰은 엘리를 현장에서 체포하고, 낙하산을 압수했어.

다음 날 아침에 이 사건이 호주 TV 뉴스에 첫 번째 기사로 올라왔어. 워낙 사건 사고가 없는 나라다 보니 저녁 뉴스에도 나오고, 다음 날 아침 뉴스, 다음 날 저녁 뉴스에도 되풀이해서 나오더라.

며칠 뒤에 메리톤에서 예고도 없이 직원이 한 사람 와서 우리 집을 둘러보고 갔어. 내가 없을 때 왔다 갔다더라. 그리고 또 며칠 뒤에, 건물 관리 사무소 소장이 무슨 종이를 한 장 들고 찾아왔어. 읽어 보니까 퇴거 요구서야. 메리톤의 기업 이미지를 실추시킨 데 대해 손해배상금으로 10만 호주 달러를 내든지, 아니면 그달 말일까지 아무런 이의 제기 없이 집을 비우든지 택일하라는 내용이야. 정말 기가 막히더라.

"이달 말까지 집을 나가라고요? 보증금도 받을 수 없다고요? 리처드, 여기엔 퇴거 사유도 적혀 있지 않아요."

"키에나, 사유를 정말 몰라서 묻는 거야?"

"낙하산을 메고 뛰어내린 건 내가 아니었다고요."

"하지만 그 애를 집에 들여놓은 건 너잖아. 그 낙하산 걸이 너희 집 문을 따고 들어왔다면 그 애를 주거침입으로 고소하면 돼. 하지만 네가 문을 열어 준 거라면 네 책임이야."

"이건 말도 안 돼요. 당신 회사의 임원을 만나야겠어요. 이 건물이 그렇게 고급 서비스 호텔이다 이거죠? 날 끌어내리려면 방송 뉴스에 몇 번 더 나올 각오를 해야 할걸요. 메리톤 본사 앞에서 1인 시위라도 벌일 거라고요. 난 그 보증금 없이는 아무 데도 안 가요."

"키에나, 이건 정말 너를 생각해서 하는 말인데, 그러지 마. 이미 본사에서 조사를 다 하고 갔어. 너희 집에 사람이 열 명도 넘게 살고 있다며? 심지어 베란다에서 사는 사람도 있다며? 고분고분 물러나지 않으면 메리톤이 널 주거법 위반으로 경찰에 고발할 거야. 증거 사진도 다 찍어 갔어. 전과자가 되면 시민권 취득도 물 건너간다고. 그러면 좋겠어?"

낙하산 사고로 나는 알거지가 됐어. 익스트림 스포츠 같은 거 안 해도 내 처지가 원래부터 벼랑 끝에 매달려 있는 신세였는데, 그걸 몰랐네.

메리톤에서는 보증금을 못 돌려받았는데, 나는 하숙생들한테 받은 선금을 다 토해 줘야 했지. 게다가 내가 일종의 투자라고 생각하고 침대와 침구류, 탁자, TV, 냉장고, 세면도구, 밥솥 같은 물건을 사서 집에 구비해 놓고 있었거든. 심지어 소금이나 후추, 간장, 버터 같은 것도 대용량 포장으로 사 놨었어. 그런 가재도구가 있으면 방세를 높여 받을 수 있었으니까. 그런데 그것들을 모두 버리거나 헐값에 팔아야 했지.

그때 통장 잔고가 170달러까지 떨어졌어. 매일 밤 돈 걱정을 하느라 잠이 안 왔어. 아침에 일어나면 내 머리가 하얗게 세 있을 거 같았어.

엘리를 한 번 찾아갔어. 일부라도 보상을 받을 수 있지 않을까 싶어서. 걔는 경찰 조사를 받고 풀려나서 병원에 입원 중이었어. 나한테 뭐랄까, 텍사스식 논리를 펼치더군.

"나도 네가 입은 피해에 대해서는 안됐다고 생각해. 하지만 내가 저지른 잘못에 대해 난 이미 책임을 치렀어. 재판을 받고 벌금을 냈거든."

"하지만 너 때문에 난 집에서 쫓겨나게 됐다고! 4년 동안 모은 돈을 전부 다 날리게 됐어! 넌 미안하지도 않니?"

"물론 나도 그건 유감이야, 키에나. 하지만 내가 그에 대해서 할 수 있는 일은 없어. 뭘 더 해야 할 의무도 없어."

"내 손해에는 네 책임도 있는 거잖아."

"아니, 호주 법에 따르면 네 손해는 네 책임이야. 너희 집을 관리 감독할 의무는 내가 아니라 너한테 있었던 거라고. 적어도 내 생각엔 그래. 네 생각이 나와 다르다면 우리 중 누가 옳은지 법정에서 다퉈 볼 수 있겠지."

나는 다시 셰어 하우스로 이사를 가야 했고……, 그것도 커튼을 치고 사는 그 지긋지긋한 거실 셰어로 돌아가야 했어. 이삿날에는 재인이 나를 도와주러 와서 자기가 이사 가는 것처럼 일을 거의 다 했어. 집을 비워 주기 전에 청소를 해야 했는데 둘이서 그 큰 집을 청소하고 나니까 진이 다 빠져서 짐을 들 기력도 없더라.

"길게 보면 이런 건 아무것도 아니라고. 이제 넌 영주권자 잖아. 좋은 교훈 하나 얻었다고 생각하면……."

재인이 그렇게 재잘대며 버스에서 내 이민 가방을 들고 내리는데 버스 계단에 이민 가방 바퀴가 걸려 툭 부러졌어. 아직도 새 집까지는 한 블록을 더 걸어가야 했는데 이제 이민 가방을 땅에 놓고 끌고 갈 수가 없는 거야. 그렇다고 들고 가기에는 너무 부피가 컸고. 재인이 그 커다란 가방을 안았다 밀었다 하며 난감해할 때 나는 다리에 힘이 풀려 그냥 바닥에 주저앉았어. 그때까지 참고 있던 눈물이 주룩주룩 흘러내렸어.

"아니, 바퀴가 뭐 이렇게 부실해? 아, 이거 참 야단났네. 야, 울지 마. 내가 어떻게든 이거 너희 집에 갖다 놓을게."

재인은 횡설수설했고, 난 길바닥에서 어린아이처럼 펑펑 울었어. 겨우 입에서 나온 말이 "나 더 이상 걸을 수가 없으니까 넌 그냥 가."라는 거였어.

"야, 여기서 이대로 조금만 기다려. 너희 집 주소 적은 메모지 어디 있지? 내가 네 짐들 모두 거기에 갖다 놓고 돌아올게."

"아니, 됐어. 그냥 가 줘."

재인이 이민 가방을 마치 등짐 지듯 들어 업더라고.

"너 절대로 달리는 차에 뛰어들거나 하면 안 돼, 알았지?"

내 성질머리를 아는 재인이 그렇게 말하고 사라지더라. 나

는 다른 트렁크 하나와 백 팩과 함께 멍한 정신으로 길에 쪼
그려 앉아 있었지.

흐물거리는 이민 가방, 트렁크, 그리고 백 팩. 호주에 처음
왔을 때와 짐이 똑같아. 이민 가방 바퀴가 부서진 건 재인 탓
이 아니야. 가방도 4년 동안 제 역할을 할 만큼 해냈어. 내가
이사를 몇 번이나 다녔는데. 가방이 문제가 아니라 그사이 제
대로 된 정착지조차 얻지 못한 내가 문제지. 난 도대체 호주
에 뭐하러 왔지? 난 대체 왜 태어난 거야? 고생하려고 태어났
나? 다른 사람들도 다 이렇게 힘들게 사는 거 맞아?

그렇게 반쯤 정신이 나가 있는 사이, 재인이 이민 가방을
새 집에 옮겨 놓고 내 트렁크와 백 팩도 가져갔어. 마지막에
는 내 팔을 잡아서 자기 목에 걸고 나를 정말 질질 끌다시피
해서 데려갔어. 걔 몸에서 시큼달달하게 땀 냄새가 나더라.

"짜잔. 오늘의 스페셜 메뉴는 갈릭 새우와 모듬 해산물입
니다."

주방에서 재인이 접시를 들고 나왔지. 나를 포함한 마감조
웨이트리스들은 손뼉을 쳤어.

도일즈 2층이었어. 통유리로 된 벽 저편에 오페라하우스가
예쁘게 보였지. 하지만 음악은 틀지 않았고, 촛불도 모두 끈
상태였어. 우리가 모여 앉은 자리 외에 다른 테이블의 의자들

은 모두 거꾸로 세워 올렸고.

하루 일과가 끝나면 간혹 이렇게, 요리사가 그날 남은 재료로 간단한 야식을 만들어 웨이트리스들과 함께 먹을 때가 있었어. 매니저들도 이런 관습은 문제 삼지 않았어. 최고급 레스토랑이라 좀 지난 재료는 어차피 버려야 했거든. 그렇다 해도 그날 야식은 너무 거창했지만.

"와우, 이거 너무 호화롭잖아? 손님들한테 나가는 메인 요리보다 더 고급스러워 보이는데?"

네덜란드에서 온 로나가 그 사실을 굳이 입 밖으로 꺼냈지.

"키에나가 오늘 마감조라 그래. 제인이 키에나를 좋아하잖아. 연인을 위한 요리라고."

남아공 출신인 스텔라가 대꾸했어. 마침 어느 부부가 거의 마시지도 않고 남긴 와인이 있어서 그걸 각자의 잔에 따라 주며. 향긋한 냄새가 종이 팩 와인과는 비교도 못해.

"제인이 키에나를 좋아한다고? 너희들 레즈비언이었어?"

로나가 짓궂은 표정을 지으며 물었어. 재인은 애들이 자기 이름을 가지고 놀리는 걸 못 알아듣더라구. 걔가 미소를 지은 채 가만히 있는 걸 보고 내가 끼어들어서 "사실은 내가 남자야."라고 한마디 했지.

처음에 재인이 자기가 실습을 받는 레스토랑에서 여급으로 일해 보지 않겠느냐고 했을 때에는 '내가 다시 식당 서빙을 해야 하나.' 싶어서 기분이 비참했어. 아무리 걸즈 밸리보다 급여가 후하다 해도 웨이트리스는 웨이트리스잖아.

그런데 실제로 근무를 해 보니 도일즈의 웨이트리스는 내가 호주에서 경험해 본 어떤 직업보다 낫더라. 기본급도 높았지만, 거의 그에 맞먹는 팁을 별도로 챙길 수 있었거든. 호주는 팁 문화가 없는데, 여기는 오페라하우스 옆 고급 레스토랑이라 그런지 외국인 관광객들이 종업원에게 팁을 주더라고. 직원 복지도 좋아서 유니폼을 갈아입을 수 있는 남녀 탈의실이 따로 있었고, 직원 휴게실도 별도로 있었어.

웨이트리스 중에 아시안은 나밖에 없었어. 채용할 때 어느 정도 외모를 따지는 것 같기도 한데, 사실 그보다 중요한 건 영어 실력이야. 이런 식당을 찾는 부유한 관광객들은 웨이트리스와 길게 대화하는 걸 좋아하거든. 오늘 고기는 어떤 게 괜찮은지, 혹시 캥거루 요리는 없는지, 식사 뒤에 춤을 추러 갈 만한 장소는 없는지 등등 별의별 걸 다 물어봐.

야식을 먹고서는 은 식기에 약을 바르고 소금과 후추를 채워 넣은 뒤 옷을 갈아입었지. 탈의실에서 나왔더니 한국인 워홀러들이 와서 설거지랑 바닥 청소할 준비를 하더라. 재인은 탈의실 앞에서 나를 기다리고 있었어.

"로나 집에서 파티를 연다고 하던데, 너도 갈 생각 있어?"

내가 재인한테 물어봤어.

"아니, 나는 초대받지도 못했는데. 그리고 지난주에도 파티는 했잖아. 제니네 집에서. 너 가고 싶으면 가."

"별로 가고 싶진 않아. 그런데 술은 좀 마시고 싶어."

"안 좋은 일이라도 있는 건 아니지?"

걔가 묻더라.

"그런 건 아니고, 옛날 남자 친구 생일이야. 6년 동안 이날은 무조건 술 마시는 날로 정해 놓고 기념하다 보니 그냥 넘어가기 섭섭하네."

재인의 표정을 보아하니 내가 농담을 하는 줄 알더라고. 걔가 "어디 펍이라도 갈까?" 하고 묻더라.

"그런데 오늘 금요일이라 자리가 있으려나?"

시드니 거리는 평일 저녁에는 한산하지만 금요일 밤이면 서울의 불금 저리 가라거든. 남자들은 한껏 멋을 부리고, 여자들도 가슴이 훤히 드러나 보이는 파티복을 입고 밖으로 쏟아져 나오지. 문득 장난스러운 생각이 들더라.

"내가 딸게."

재인이 내 손에서 와인 병을 가져가서는 상자에 들어 있던 오프너로 솜씨 좋게 코르크를 땄어. 리큐어 숍에서 37달러를 주고 산 호주산 샤도네이였지. 재인이 더 비싼 병을 사려는 걸 내가 말렸어. 우린 투명 플라스틱으로 만든 와인 잔도 함께 샀어.

"우리 처음 여기 왔을 때 마신 찌꺼기 와인 생각난다. 4달
러였던가, 그게?"

내가 웃으며 말했어.

"과일 칵테일 베이스로 쓰는 술이었는데 우리는 그냥 생으
로 마셨지."

재인이 잔에 와인을 따른 뒤 나한테 건네고는 병을 재빨리
자기 가방 안에 숨겼어. 야외에서 술을 마셔도 병이 외부에
드러나지만 않으면 경찰도 문제 삼지 않아. 샤도네이에서 향
긋한 냄새가 났어.

그렇게 도스포인트 공원 벤치에 앉아서 오페라하우스와
시티의 야경을 보며 말없이 한참 와인을 마셨어. 걔가 나를
살피는 걸 더는 모르는 척할 수가 없더라고. 내가 물었지.

"왜 이렇게 나한테 잘해 줘?"

"글쎄……."

재인이 머리를 긁적였고, 나는 피식 웃었어. 재인이 말을 이
었지.

"너, 우리가 같은 비행기 타고 왔던 거 알아?"

"그랬어?"

"응. 통로를 사이에 두고 내가 네 뒷줄에 있었어. 그래서 나
한테는 네 모습이 다 보였지. 너, 그때 되게 멋있어 보였어."

"내가? 멋있었다고?"

내가 깜짝 놀라서 물었지.

"응. 스튜어디스가 와서 음료수 주려고 '우드 유 라이크 섬씽 투 드링크?'라고 묻잖아. 그런데 네가 세 번이나 '아이 벡유어 파든?'이라고 교과서적인 답을 하더라고. 발음도 안 좋으면서. 나는 그때만 해도 내 영어 후진 거 들키기 싫어서 일부러 콩글리쉬 쓰고 그랬거든. 그래서 속으로 너를 보면서 '쟤 대단하다, 용감하다.' 이렇게 생각했어. 그 스튜어디스가 너한테 되게 불친절하게 굴었는데도 넌 뭐 받을 때마다 꼬박꼬박 '땡큐.' 그러더라. 다음 날 유학원 사무실에서 만났을 때 얼마나 놀랐다고."

재인의 입을 통해 들으니까 그 시절이 생각나면서 얼굴이 달아오르더라. 한마디라도 더 영어를 열심히 하자고 다짐하던 때였지.

"하지만 너는 공항에서 유학원 사장님 부부를 만나지 않았잖아?"

"왜냐하면 나는 임시 거처를 따로 구해 놨었거든. 그 부부는 자기네 유학원을 통해서 임시 숙소를 구한 사람들한테만 마중 나왔어. 그런데 그 임시 숙소비 엄청 바가지였던 거 알지?"

"내가 좋았으면 처음엔 왜 그렇게 못되게 굴었어? 난 뭐 저렇게 무례한 애가 다 있나 했다."

내가 고개를 끄덕이면서 되물었어.

"내가 좀 자신이 없었어. 예쁜 여자애들은 나 같은 애 상대해 주지 않잖아. 내가 돈이 있는 것도 아니고, 학교를 좋은 데나온 것도 아니고……."

재인이 그렇게 털어놓더라.

"지금은? 지금은 안 그래?"

"지금은 좀 자신이 있어."

"그래? 왜?"

내가 물었어.

"요리 학교에 다니면서부터 성격이 좀 느긋해진 것 같아. 나, 거기서 칭찬을 많이 들었거든. 도일즈에서도 인정받고."

"그건 그래. 다른 웨이트리스들도 네가 만드는 야식이 제일 맛있다고 하더라."

"거기선 재료가 좋으니까 누가 만들어도 맛있지. 그런데 내가 집에서 하는 요리도 맛있어. 당장은 아니지만, 언젠가 나중에는 내 이름으로 된 식당도 열어 보고 싶어. 내가, 사실 어디서 뭘 배우고 일을 해서 남들한테 인정을 받은 게 태어나서 처음이야. 한국에 있는 동안에는 한 번도 그런 적이 없거든. 남자들이라는 게 단순해. 회사에서 인정받으면 얼굴 퍼지고 어깨 으쓱으쓱하고 그러는 게 남자들이야."

분위기로 봐서는 얘가 지금 나한테 고백하려는 거 같긴 한데, 어째야 하나 싶더라. 좀 끌리기도 했어. 그동안 쌓인 정도 있고, 또 내가 돌진해 오는 남자한테 좀 약하거든.

"계나야, 만약 내가……."

재인이 머뭇거리며 뭔가를 말하려 하는데 갑자기 내 가방에서 휴대폰 벨이 울리더라고. 액정 화면을 보니 한국에서 걸려온 전화야. 이 야밤에 웬 전화? 재인한테 어색한 미소를 지어 보이고 전화를 받았지. 전화를 건 상대방은 한참 동안 말을 하지 않더라.

"여보세요? 말씀하세요?"

"계나야, 나 지명이야. 안녕? 어…… 잘 지내?"

"어……. 난 잘 지내. 너는?"

"나도 잘 지내. 미연이가 네 연락처를 가르쳐 줬어. 작년에 한국에 왔었다며?"

"응, 그런데 있잖아. 지금 너무 시간이 늦어서 내가 통화를 길게 못하거든. 용건 있으면 나중에 다시 걸어 줄래? 내일 저녁쯤에……."

"아니, 그러면 지금 다 말할게. 딱 2분만 시간을 내줘. 나 너 없이는 못 살 것 같아. 그 이야기를 하려고 전화 걸었어. 나, 오늘로 만 서른이 됐어. 하루 종일 생각했어. 내 인생에 대해서, 내가 누구와 함께 살아야 하는지에 대해서. 그런데 결론은 너였어. 내가 인생을 함께 보내고 싶은 사람은 너 하나뿐이야. 너더러 당장 한국에 돌아오라는 건 아니야. 하지만 난 여기서 계속 너를 기다리려고 해. 평생을 기다려도 괜찮아. 사랑해, 계나야."

그 이야기를 듣고 있는데 가슴이 진정이 안 되게 두근두근 뛰는 거야.

애는 내가 지금 누구와 사귀고 있는지 아닌지도 확인하지 않는 건가? 무슨…… 마치 자기를 구해 줄 사람은 나밖에 없다고 말하며 빌딩 옥상에서 뛰어내리는 사람 같았어. 낙하산을 멘 건지 아닌지도 몰라.

6 파블로

호주 시민권은 영주권을 얻은 뒤 1년이 지나면 신청을 할 수 있는데, 신청할 때 기준으로 호주에서 산 기간이 4년이 넘어야 해. 그 4년 중에 호주가 아닌 다른 나라에서 거주한 기간이 다 합쳐서 1년을 넘으면 안 되고, 특히 신청 1년 전에는 다른 나라에서 거주한 기간이 3개월을 넘으면 안 돼. 나는 걱정할 것 없는 조항이었지. 아이엘츠 시험 치느라 한 번 한국 갔을 때 외에는 호주는커녕 시드니를 벗어난 적도 없으니까. 바꿔 말하면 시민권 신청하기 전까지 두 달 보름 정도는 외국에 다녀와도 된다는 얘기지.

지명이 자기가 휴가라고, 어디 같이 놀러 가자고 하더라고. 마침 나도 그때 도일즈가 수리를 한다고 잠시 문을 닫은 상태였거든. 지명이랑 같이 이곳저곳 알아보다가 발리에 가기로 했어. 좋더라. 호주에서도 가깝고 한국에서도 멀지 않고. 풀 빌라에서 이틀 놀고, 바다가 보이는 작은 호텔에서 또 이틀 놀았어. 지명이가 좀 과도하게 신혼부부 행세를 하려는 게 마음에 걸렸지만, 사실 나도 들떠 있었어. 호주를 제외하면 해외여행은 처음이었던 데다 또 지명의 프러포즈에 너무 감격해서. "평생을 기다려도 괜찮아, 사랑해."라니. 마음이 붕 뜨는 거 같더라.

'남은 돈 얼마지.' 걱정하지 않고 돈 써 본 것도 내 평생 이때가 처음이었던 거 같네. 내가 돈 쓰는 걸 주저하면 지명이가 막 지갑 열어서 나한테 묻지도 않고 그 자리에서 물건 사고 계산하고 그랬어.

발리 여행을 마치고는 한국에 같이 갔지. 지명이가 아파트를 구했는데 그 아파트에서 두 달 동안 같이 살기로 했어. 지명인 나더러 시민권을 딴 다음에 한국으로 돌아오라고 했어. 그리고 자기랑 같이 한국에서 살다가 늘그막에 호주에 가자는 거야. 호주 영주권을 우리 노후 대책으로 삼자는 거였지. 호주 국민이 되면 놀고 있어도 실업 연금 따박따박 나오고 큰 병 걸리면 병원비 다 지원되거든. 집 처음 살 때는 2만 달러쯤 돈이 나오고, 대학생 자녀 학비도 몇만 달러가 지원되고, 하여튼 좋아. 호주 영주권 가치가 한국 돈으로 10억 원쯤 된대.

지명인 우리가 동거한다는 사실을 자기 부모님한테 알리지 않았어. 기자 시험을 준비하는 동안 걔랑 걔네 부모님 관계는 완전히 달라졌지. 취업 재수를 할 때 부모님 반대가 엄청 심했나 봐. 지명은 집을 나와 고시원에서 살았고, 그동안에는 부모님과 거의 말도 하지 않고 지냈대. 그런데 보기 좋게 방송 기자가 됐잖아. 지명은 이제 부모님이 감히 자신의 결정을 반대하는 일은 없을 거라고 장담하더라. 우리 결혼도 그냥 밀어붙이면 된다면서. 자신감은 좋아 보이더라. 걔 말을 곧이곧대로 믿지는 않았지만.

한국에 와서 지명이가 출근했을 때에는 집으로 친구들도 불러서 놀았어.

"집 좋네. 몇 평이야?"

제일 먼저 도착한 미연이 일단 평수부터 물어보더라. 은혜와 경윤이도 약속이라도 한 것처럼 같은 질문부터 던지데. 애들이 식사 메뉴를 정하지 못하고 티격태격하다가 나한테 선택권을 줬어. 내가 신기한 것들 좀 먹어 보고 싶다고, 그사이에 나온 신메뉴 뭐 있느냐고 물어보니까 애들이 얘기해 주는데 참 많이도 나왔데. 일단 치즈불닭이랑 고구마 피자를 먼저 주문했어.

"술도 시켜야지."라고 말하더니 경윤이 어디론가 전화를 거는 거야. 경윤은 전화기에 대고 "버드와이저 두 팩하고요, 참

이슬 세 병, 비타 500 네 병 주세요."라고 하더라.

"어디에 전화를 건 거야? 그런 것도 배달해 줘?"

내가 놀라서 물었더니 경윤이 "이거 진짜 편해."라면서 배달 전문 마트 전화번호를 가르쳐 줬어. 24시간 뭐든지 배달을 해 준대. 생수 한 통도 배달해 준대. 내가 감탄하는 걸 보더니 경윤이 청소 도우미 서비스는 아냐고 물어보더라.

"이게 진짜 신세계다. 파출부랑 달라. 대기업에서 운영하는 거거든. 진짜 깍듯해. 창틀에 전등갓까지 다 닦아 주고 빨래도 해 줘."

청소 상품에도 여러 종류가 있어서 기본 4만 원에 몇 천 원 더 추가하면 냉장고 청소나 밑반찬 만들기도 해 준대.

주문한 배달 음식은 30분도 안 돼 집에 도착했는데 배달원들이 신용카드를 양손으로 받고 90도로 인사를 하더라고. 술 받다가 경윤이가 '비타 500주'를 만들어 돌렸어.

"내가 대리운전 불러서 가는 길에 너희들 다 집 앞까지 모셔다 드릴 테니 다들 마음껏 마셔!"

은혜가 말했지.

"야, 너희 서방님은 몇 시에 오냐? 빨리 와서 한잔해야지!"

미연이 낄낄거리며 채근하더라고.

"만날 야근이야. 사회부 기자라고 어깨에 힘이 엄청 들어가 있어. 11시쯤 돼야 올걸?"

내가 대답했더니 애들은 외려 서방이 돈 잘 벌고 늦게 들어오니 얼마나 좋으냐고 하더라. 나더러 인생의 승리자래.

"너 그렇게 영어 배우고 호주 시민권 따는 동안에 나는 뭐 했나 싶다."

은혜가 우울한 목소리로 말했어.

"아직 시민권은 못 땄어. 너는 애를 낳았잖아. 그게 얼마나 큰 건데."

내가 말해 줬어.

"애야 다들 낳는 거고. 아, 진짜 난 뭘 했나 몰라. 결혼을 이렇게 일찍 하는 게 아니었어."

"야, 솔직히 너처럼 확실한 집에 시집가는 게 어중간한 회사에 취직하는 것보다 백배 나아. 결혼도 타이밍이 있는 거고, 넌 아주 기회를 잘 잡은 거라니까? 나야말로 그동안 뭘 했는지 모르겠어. 내가 이 회사에서 임원 달아 볼 수 있을 것 같지도 않고, 찐하게 연애를 해 봤나 진탕 놀기를 해 봤나, 이제 곧 서른둘인데 지금부터 남자 만나서 사귀면 언제 결혼하고 언제 애 낳냐?"

미연이 하소연했어.

"확실한 집 좋아한다. 야, 우리 남편이 지난주에 와서 하는 말이 뭔지 아나? 아는 사람이 김밥천국 내놨는데 1억이면 인수할 수 있다고 자기랑 같이 김밥천국 할 생각 없냐는 거야.

그래서 내가 거기 가 봤지. 목도 완전 안 좋고 테이블도 몇 개 없어. 내가 김밥집을 하기 싫어서가 아니라 거기는 아니라고 얘기했더니 자기가 회사에서 얼마나 힘든 줄 아느냐고 막 화를 내는 거야. 나 참 어이가 없어서. 야, 부모가 돈 좀 있으면 뭐 하냐? 애가 찐따인데."

"야, 됐다, 됐어. 술이나 마셔."

경윤이가 은혜 말을 가로막더니 "비타 500주는 별로다. 술은 그저 소맥이 최고야."라며 폭탄주를 만들어 돌렸어. 미연이 "골치 아픈 얘기하기 싫다, TV나 틀어 봐."라고 하더라. 그렇게 술을 마시며 예능 프로그램을 연속으로 몇 편 봤어. 남자 아이돌 그룹 멤버들이 여장을 하고 아양을 떨더라. 거 아주 재미있더군.

지명은 아이들이 돌아간 뒤 새벽 1시가 넘어서 들어왔어.

"자정 전까지 들어온다더니? 전화 좀 하지 그랬어."

"아이디어 회의가 있어서……."

"회의를 지금까지 했단 말이야?"

"응. 심지어 나 빼고 다른 사람들은 회의 끝나고 술 마시러 갔어."

지명은 내가 친구들과 무슨 이야기를 했는지 궁금해했어. 청소 도우미 서비스를 얘기해 주니까 반색하더라.

"매주 불러도 한 달에 20이면 된다는 거네. 앞으로 우리 집 청소는 무조건 그거다."

친구들이랑 한 이야기와 예능 프로그램 이야기를 간단히 요약 설명해 주고 났더니 새벽 2시가 넘었더라고. 주말에는 백화점 가서 쇼핑을 하고 외식도 하자고 했어. 걔가 나한테 입을 맞추며 말했어.

"조금만 돈이 있으면 한국처럼 살기 좋은 곳이 없어. 내가 평생 너 편하게 살게 해 줄게."

그렇게 말하고는 씻지도 않은 채 침대에 누워 바로 곯아떨어지더라.

한국에서 살아도 그냥 전업주부로 살고 싶지는 않았거든. 딱히 어떤 일을 해야겠다는 생각은 없었고 한국의 구직 시장이 어떤지도 몰랐어. 그래도 일은 하고 싶었어. 은혜도 그렇고 학생 때는 똑똑하던 여자애들이 집 안에 틀어박혀 있으면서 바보 되는 거 많이 봤거든. 밖에 나가서 다른 사람을 만나고 부딪치고 그러지 않으면 되게 사람이 게을러지고 사고의 폭이 좁아져. 다른 사람 입장에서 생각할 줄 모르게 되고. 난 그렇게 되기 싫었어.

그래서 두 달 동안 지명이랑 살면서 이 회사 저 회사에 입사 지원서를 많이 냈어. 잡코리아랑 커리어랑 이런 데 이력서도 올려놓고. 그런데 내가 이력이 별거 없잖아. W증권에서 3년

일한 거랑 호주에서 이것저것 알바 한 게 전부지. 무슨 미국 MBA도 아니고 호주에서 회계학 석사 받은 걸 한국에서 어디에 써먹어. 한국에서 회계 업무를 하려면 공인회계사 자격증이 있든지, 하다못해 AICPA라도 있어야 해. 내가 유일하게 내세울 게 영어 회화가 가능하다는 거? 자기소개서 쓰는데 진짜 내용이 너무 조악해서 손발이 오그라들더라. 한국에서 살기 싫어서 호주 갔다고 쓸 수는 없고, 그래서 쓴 말이 "글로벌 감각을 키우기 위해 어쩌고……." 어휴, 됐어.

어지간한 회사는 다 서류에서 떨어졌어. 나이 때문이었을 거야. 최종까지 갔던 데가 세 곳이었어.

한 곳은 외국계 금융 투자회사였어. 크레디트스위스니 맥쿼리니 하는 곳들 있잖아. 직원이 한 50명쯤 되는데 연봉은 엄청 높은 데. 지금 생각해 보니 거기는 나 같은 애를 찾는 것도 아니었어. 면접관이 뭘 물어보는데 질문도 이해가 안 되더라고. 파생 상품, 옵션, 선물 이런 거 물어보는데 그게 뭔지 내가 알 턱이 있나. "선물이요? 웬 선물? 받으면 좋죠." 이런 식으로 대답했던 거 같아. 그러니 당연히 탈락.

토익 토플 문제지 만드는 회사에도 최종까지 갔었네. 그냥 학습지 만드는 회사인 줄 알았는데 가 보니까 엄청 크더라고. 영어 필기시험을 보고 면접을 두 번이나 봤지. 2차 면접 때 보니까 나 빼고 다른 지원자는 다 네이티브 스피커야. 영어 그렇게 잘하는 애들이 왜 한국에서 문제지 만드는 회사 다니려고 그래? 네이티브들 때문에 여기도 탈락.

세 번째는 무슨 아시아조선협회 어쩌고 하는 곳이었는데 조선 업체들이 받아 보는 정보지를 만드는 곳이야. 그런데 그 정보지 기사는 자기들이 직접 쓰는 건 아니고 외국 기사를 번역하는 거야. 외국 조선 업체나 선박 회사들 기사를 한글로 번역해서 우리나라 조선 업체들한테 뿌리고 회비를 받는 거지. 그런데 여기는 면접을 보자마자 나한테 테스트라면서 두툼한 자료를 언제까지 번역해 오라는 거야. 근데 아무리 봐도 내 느낌엔 이게 테스트가 아니라 나한테 일을 시키는 거였거든? 테스트면 다른 사람 도움 못 받게 그 자리에서 한두 장 번역하게 해야지, 그걸 왜 집에 가서 해 오래? 그냥 공짜로 부려 먹겠다는 거지. 여기는 그냥 내가 더 연락을 안 했어.

돈 걱정 할 일 없이, 주변에 다른 사람 없이, 혼자 시간을 보내 본 게 그때가 처음이 아니었나 싶어. 나 자신에 대해 많이 생각했어. 이대로 지명이랑 같이 살아야 하는 걸까, 한국에서 살면 뭘 하고 살아야 하나, 그런 것들. 지명이는 그냥 아무것도 안 해도 된다고 했어. 회계사 시험을 치는 건 어떻겠냐고도 하더라. 일단은 생각해 보겠다고 했지.

좀 웃겼던 게, 내가 회계를 배우고 싶어서 배운 게 아니잖

아. 호주에 부족한 직업이니까 배운 거지. 그런데 호주에서 살지 못하게 된다 해도 기왕 배워 놓은 게 있으니 계속 공부해라? 딱히 회계 공부가 싫은 건 아니었지만 그건 좀 이상한 거 같더라고.

사실은 약사가 되는 건 어떨까 혼자 생각하던 참이었거든. 아무 때나 원할 때 일 그만두고 재취업하고 그런 게 쉽다는 얘기에. 그래서 경윤이한테 전화를 걸어 봤어. 약대 공부는 힘드냐, 너는 약대 간 거 후회 안 하냐, 그런 거 물어봤지. 경윤이는 약대 와서 너무 다행이래. 자기가 사실은 한의대 갈까 약대 갈까 망설였다는 거야. 그런데 요즘 누가 한의사가 되려고 하느냐고 하더라고.

"왜? 한의사는 인기가 없어졌어?"

내가 물었어.

"한의사들 다 망했어."

"그래? 우리 때만 해도 한의대가 거의 의대 수준 아니었나?"

"비아그라랑 홍삼 때문에 다 망했어. 안 그래도 한의사가 많은데. 요즘 누가 보약 먹어? 그게 다 비아그라 나오기 전에 정력 보충한다고 먹던 거지."

"약사는 전망 괜찮아?"

"약사도 뭐 어느 날 갑자기 슈퍼마켓에서 어지간한 약 다

팔게 되면 망하겠지. 그런데 그런 날은 안 와."

경윤이가 단언하더라.

"왜?"

"약사들은 조직력이 탄탄하거든. 콩가루인 한의사들하고 달라."

그 말을 듣고서도 별로 안심은 안 되더라. 외국계 약국 체인이 한국에 대거 들어와서 약값 할인 판매를 한다거나 하면 조직력이 아무리 튼튼해도 도리 없는 거 아닌가? 그렇게 생각하니까 회계사의 앞날도 그리 안전해 보이지 않더라고. 지금이야 시험으로 사람 수 조절하니까 고수익일 수 있지. 그런데 어느 날 갑자기 구글이나 마이크로소프트에서 자동 회계 프로그램 같은 걸 만든다면? 회계는 정말 그런 프로그램이 나올 수 있어.

어떻게 보면 당연한 건데, 내가 뭘 하겠다고 나서건 그게 성공할지 성공 안 할지는 몰라. 지금 내가 의대 가서 성형외과 의사 되면, 로스쿨 가서 변호사 되면, 본전 뽑을 수 있을까? 아닐걸? 10년 뒤, 20년 뒤에 어떤 직업이 뜰지 아는 사람은 아무도 없어. 그러니까 앞으로 전망 얘기하는 건 무의미한 거고, 내가 뭘 하고 싶으냐가 정말 중요한 거지. 돈이 안 벌려도 하고 싶은 일을 하면 좀 덜 억울할 거 아냐. 지명이가 그렇게 자기 진로를 선택한 거지. 그런데 난 내가 뭘 하고 싶은지를 몰랐어.

나는 내가 좋아하는 것들을 생각해 봤어. 나는 먹는 거에 관심이 많아서 맛있는 음식이랑 과자를 좋아하지. 또 술도 좋아해. 그러니까 식재료랑 술값이 싼 곳에서 사는 게 좋아. 그리고 공기가 따뜻하고 햇볕이 잘 드는 동네가 좋아. 또 주변 사람들이 많이 웃고 표정이 밝은 걸 보면 기분이 좋아져. 매일 화내거나 불안해하는 얼굴들을 보면서 살고 싶지 않아.

그런데 그게 전부야. 그 외에는 딱히 이걸 꼭 하고 싶다든가 그런 건 없어. 아무리 생각해 봐도.

내가 아는 건 '무엇을'이 아니라 '어떻게' 쪽이야. 일단 난 매일매일 웃으면서 살고 싶어. 남편이랑 나랑 둘이 합쳐서 한국 돈으로 1년에 3000만 원만 벌어도 돼. 집도 안 커도 되고, 명품 백이니 뭐니 그런 건 하나도 필요 없어. 차는 있으면 좋지만 없어도 돼. 대신에 술이랑 맛있는 거 먹고 싶을 때에는 돈 걱정 안 하고 먹고 싶어. 어차피 비싼 건 먹을 줄도 몰라. 치킨이나 떡볶이나 족발이나 그런 것들 얘기야. 그리고 한 달에 한 번씩 남편이랑 데이트는 해야 돼. 연극을 본다거나, 자전거를 탄다거나, 바다를 본다거나 하는 거. 그러면서 병원비랑 노후 걱정 안 하고 살 수 있으면 그걸로 충분해.

그리고 나는 당당하게 살고 싶어. 물건 팔면서, 아니면 손님 대하면서 얼마든지 고개 숙일 수 있지. 하지만 그 이상으로 내 자존심이랄까 존엄성이랄까 그런 것까지 팔고 싶지는 않아. 난 내가 누구를 부리게 되거나 접대를 받는 처지가 되어도 그 사람 자존심은 배려해 줄 거야. 자존심 지켜 주면서도 일 엄격하게 시킬 수 있어. 또 여유가 생기면 사회를 위해 작더라도 뭔가 봉사를 하고 싶어.

내가 그런 고민을 하며 시간을 보내는 동안 지명이는 자기가 주말에 쉴지 안 쉴지도 모르는 생활을 하고 있었어. 데이트 계획 같은 건 세울 수도 없었어.

"아니, 오늘이 수요일인데 이번 주 토요일에 일할지 일하지 않을지를 몰라? 너 말고 다른 사람들은 어떻게 해? 다른 사람들도 다 이번 주 토요일에 자기가 일할지 일하지 않을지를 몰라?"

나는 바가지 긁는 여자가 되지 않을 줄 알았는데, 이런 건 따질 수밖에 없잖아.

"응. 우리 팀장이 그런 걸 잘 얘기 안 하거든."

왜 그런 걸 미리 얘기하지 않는 거야? 그런 걸 미리 말해 주는 게 모두한테 효율적이지 않나? 내가 그렇게 말하면 지명은 내 말이 맞다고, 자기도 팀장한테 얘기해 보겠다고 해. 하지만 걔가 그런 말 못하는 걸 난 알아. 그 조직이 그런 조직이 아닌 거지.

하긴, 데이트 계획을 세운들 내가 그 데이트를 제대로 즐겼을지도 의문이야. 지명이는 하루에 여섯 시간도 못 자. 자정께 퇴근해서 새벽 6시에 일어나서 씻고 7시면 나가. 그걸 당연하게 여기더라고. 걔 말로는 기자 생활이 그렇대. 나이 들어도 계속 그렇게 바쁘고 시간 안 날 거래.

그러다 보니 얘가 주말이면 눈에 띄게 피곤해 보이는 거야. 그러면서 내 앞에선 또 과장되게 씩씩한 척을 해. 오히려 주말에는 내가 그냥 집에 있자고, 잠이나 자자고 했고 걔가 밖에 나가자고 고집했지. 나한테 비싸고 좋은 것을 먹이고 싶어 했어. 그렇게 해야 한국 생활에 내가 정을 붙이고 자기한테 돌아올 거라고 믿었던 거야.

정작 나는 그런 지명의 모습이 딱해서 영 기분이 좋지 않았어. 지명이 나를 공주님처럼 모시기 위해 늘 차를 몰고 다니는 것도 마음에 들지 않았고. 옛날처럼 걔랑 술을 퍼지게 마실 수 없었거든. 동거를 하며 처음 얼마 동안은 지명이 집에 오기를 기다렸다가 밤에 자기 전에 맥주를 한두 캔씩 마시며 이런저런 수다를 떨었는데, 이내 그것도 그만두게 되더라. 술을 마신 다음 날 아침이면 걔가 유난히 침대에서 일어나기 힘들어하는 게 눈에 보이니까.

우리는 뭐랄까, 전래 동화의 의좋은 형제 같은 처지에 빠져 있었지. 지명이는 나를 아껴. 나도 걔를 위하고. 그런데 시간이 지나도 우리 사이에 개선되는 건 아무것도 없고, 밤에 서로 상대 몰래 볏짚을 나르느라 몸만 피곤한 상황이었지.

언젠가는 우리가 달빛 아래 볏짚을 든 채 마주치게 돼 있었어.

"나 수건 좀 가져다줄래? 네가 갖고 나갔나 봐."

화장실 문을 열고 "지명아?" 하고 다시 불렀지만 안방에서는 응답이 없었어. 몸에서 물을 뚝뚝 흘리면서 화장실에서 나와 옷장까지 걸어갔어. 살에 닿는 공기가 싸해서 피부에 소름이 돋더라. 옷장에서 수건을 꺼내 몸을 닦고 침실에 들어갔지.

지명은 잠이 들어 있더라. 침대 위에서, 옷을 벗은 채로. 아기 같은 자세였어. 나는 잠옷을 입고 냉장고에서 맥주를 한 캔 꺼내 침대에 앉았어. 조심조심 개한테 이불을 덮어 준 뒤에 옆에 앉아 맥주를 마셨지. 개가 잠에서 깨지 않도록 아주 부드럽게 머리를 쓰다듬어 주면서. 잠에서 깨어나면 얘는 나에 대한 의무감으로 섹스를 하려 들 거야. 그러면 나 역시 의무감으로 개를 맞이하겠지. 서로 연기 아닌 연기를 해야겠지. 그런 섹스, 너무 슬프지 않니.

개 얼굴이 과로와 수면 부족 탓에 검고 거칠거칠했어. 입 주변이랑 턱에 거뭇거뭇하게 수염이 올라와 있더라. 이불을 덮기 전에 본 배는 포동포동하게 살이 올라 있었어. 얘가 아저씨가 됐네, 하고 정이 떨어지는 게 아니라 오히려 마음이 더 짠하고 아프고 그렇더라고. 얘 이렇게 일하다 암 걸리는 거 아닌가 싶고, 내가 이 모습을 10년이고 20년이고 보다가, 그냥 얘는 매일 이렇게 열몇 시간씩 일하는 애다, 그렇게 당연하게 여기게 되면 어떻게 하나 싶고……. 막 눈물이 날 것 같았어.

찬 맥주가 위장에 들어가니 온몸이 얼어붙는 것 같더라. 나는 홀짝홀짝 맥주를 마시며 어린 시절에 읽었던 동화를 떠올렸어. 의좋은 형제보다 내가 백배는 더 좋아했던 동화를. 어쩌면 동화는 아니었는지도 몰라. '디즈니 그림 명작 전집'의 한 권이었으니까. 할머니가 폐지와 함께 주워 온 책이었어. 나는 그 책을 문자 그대로 종이가 닳을 때까지 읽었지.

'추위를 싫어한 펭귄'이라는 제목이었어. 표지에는 펭귄 한 마리가 부루퉁한 표정으로 나뭇가지로 모닥불을 피워 놓고 불을 쬐는 그림이 그려져 있었지. 펭귄이 털모자를 쓰고 목도리를 두르고 벙어리장갑을 끼고 있어. 뒤로는 그 펭귄이 사는 이글루가 한 채 보이고. 주인공 펭귄 이름이…… 파블로! 파블로였어.

파블로는 펭귄이지만 추위를 싫어했어. 평소에는 이글루 안에 틀어박혀서 난로를 피우고 사는데, 친구들이 억지로 밖으로 불러내지. 그랬다가 물에 빠져서 몸이 꽁꽁 얼어서 집으로 돌아와. 커다란 얼음에 갇힌 파블로를 친구들이 난로 위에 올려서 녹이지.

파블로는 따뜻한 열대지방으로 떠나려 하지만 번번이 실패해. 처음에는 아마 난로를 짊어지고 스키를 탔을 거야. 하지만 또 얼음 기둥이 되어 집으로 돌아와. 다음에는 몸에 핫 팩을 두르고 친구들에게 작별 인사를 한 뒤 열대를 향해 걸어가. 그러나 이번에도 실패.

마지막에는 자기 이글루와 집 주변 얼음을 통째로 잘라 얼음 배를 만들어. 항해는 처음에는 순조로운 듯하지만 점점 배가 녹기 시작해. 나중에는 아주 작은 얼음 조각밖에 남지 않지. 그 얼음 조각이 녹아 사라지는 순간 파블로는 펄쩍 뛰어 자기 욕조에 들어가서는 그 욕조를 새로운 배 삼아 항해를 계속하지.

파블로는 결국 하와이처럼 생긴 섬에 도착해. 햇빛이 눈부시게 쏟아지고 파란 바다 앞에 모래사장이 있고 야자수가 있고 거북이가 다녀. 마지막 장면이 이래. 파블로가 선글라스를 쓰고 야자수 사이에 해먹을 쳐서 그 위에 누워 있는 거야. 음료수를 마시고 부채를 부치면서. 그 아래 이런 멋진 글귀가 있었어.

"다시는 춥지 않을 거예요."

나는 동화책의 마지막 문장을 입 밖에 내어 말했어. 내 목소리를 들은 지명이 몸을 잠시 뒤척이며 신음하더라.

친구 펭귄들이 파블로한테 얼마나 많이 얘기했을까? 그냥 참고 살라고 말이야. 다들 그렇게 산다고. 파블로한테는 헤어지기 어려운 피붙이나 애인은 없었을까?

지명과 두 번째 이별을 결심할 때 고민을 많이 했지. 내가 얘랑 헤어진 다음에 후회하지 않을까 하고. 아마 후회할 거야. 내가 만난 남자들 중 지명이가 제일 괜찮은 애였는데, 하고. 그런데 개랑 헤어지지 않고 같이 살아도 나중에 결국 후회할 거야. 그때 내가 호주로 떠나야 했는데, 하고. 나라는 인간은 뭔가를 이루겠다는 뚜렷한 목표 같은 건 없으니까, 아마 어떻게 살건 간에 내가 살아 보지 않은 길에 대해 후회를 할 수밖에 없을 거야. 그리고 영영 알 수 없겠지……. 어떤 선택이 더 나은 결과를 가져왔을지를.

나는 지명이랑 같이 있어서 좋은 점, 안 좋은 점들을 생각했어. 좋은 점은 사랑받는다는 느낌, 그리고 경제적인 안정을 얻을 수 있다는 것, 그렇게 두 가지. 어떤 애들한테는 그런 게 굉장히 중요하지. 하지만 난 '사랑의 감정'에 흠뻑 젖는 스타일은 아니었어. 시를 좋아해 본 적도 없고 사랑의 도주 같은 걸 낭만적이라고 생각해 본 적도 없어. 그리고 경제적 안정이 제일 중요했다면 아마 리키랑 결혼했을 테지.

지명이랑 같이 있어서 안 좋은 점은, 일단 걔랑 있으면 내가 너무 슬퍼질 거 같더라. 두 번째는 경제적으로 독립할 수가 없다는 거. 전업주부가 아니라 내가 직장이 있어도 경제적으로 독립하긴 어려울 거 같더라고. 전에 한번은 지명이한테 "너는 왜 매일 퇴근이 늦냐, 평생 그렇게 야근을 해야 하는 거냐?" 하고 따지니까 걔가 이렇게 대답하더라고.

"다들 이렇게 살아. 다른 회사도 그래. 요즘 저녁 시간 전에 퇴근하는 사람이 학교 선생 말고 누가 있냐? 너도 취직하면 알 거야."

"호주에선 안 그래."

내가 반박했지.

"호주에서도 그럴걸. 너도 호주에서 제대로 된 사무직 일은 해 본 적 없잖아. 호주에서도 기업 임원이나, 펀드매니저나, 변호사, 의사 같은 사람은 정신없이 바쁠걸?"

그러니까 바꿔 말하면 기자나 기업 임원이나 펀드매니저나 변호사, 의사 같은 '진짜 직업'들이 있고, 그 아래 별로 중요하지 않은 다른 직업들이 있다는 거지. 내가 직장에 다니더라도 그게 토플 문제지나 조선 업체 정보지를 만드는 일이라면 지명이는 아마 그걸 '진짜 직업'으로 인정하지 않을 거야. 나는 그냥 살림하는 여자인 거지. 그런 건 싫어.

두 달이 지난 뒤에 호주로 돌아가야 할 때, 나는 그냥 호주에서 살 거라고 하니까 지명이가 이해를 못하겠다며 설명을 해 달래. 사실은 나도 뭐라고 설명을 해야 할지 모르겠는 문제인데 어떻게 말을 해야 하나 하다가 파블로 이야기를 해 줬어.

"만약 남극을 지나가던 사람들이 파블로를 잡아다 헬리콥터에 태워서 하와이에 내려다 줬다면…… 파블로는 그래도 행복했을까?"

내가 물었어.

"어쨌든 하와이에 갔잖아."

지명이 고집했지.

"똑같이 하와이에 왔다고 해도 그 과정이 중요한 거야. 어떤 펭귄이 자기 힘으로 바다를 건넜다면, 자기가 도착한 섬에 겨울이 와도 걱정하지 않아. 또 바다를 건너면 되니까. 하지만 누가 헬리콥터를 태워 줘서 하와이에 왔다면? 언제 또 누가 자기를 헬리콥터에 태워서 다시 남극으로 데려갈지 모른다는 생각에 두려워하게 되지 않을까? 사람은 가진 게 없어도 행복해질 수 있어. 하지만 미래를 두려워하면서 행복해질 순 없어. 나는 두려워하면서 살고 싶지 않아."

그런 면에서 나는 파블로보다 형편이 나아. 파블로는 바다를 건너다 물에 빠져 죽을 수도 있었어.(아무리 펭귄이 헤엄을

칠 줄 안다지만, 그래도 근본은 새잖아.) 하지만 내가 호주에서 산다고 해서 죽기야 하겠어? 기껏해야 괜찮은 남자를 못 만나고 아르바이트를 전전하면서 사는 거지. 그런데 호주에서는 알바 인생도 나쁘지 않아. 방송기자랑 버스 기사가 월급이 별로 차이가 안 나.

지명은 고개를 숙인 채 내 얘기를 들었어. 아무 말도 안 하더라. 내가 오히려 묻고 싶었지. 너는 왜 그렇게 나를 좋아하는 거야? 나 따위가 뭐라고 나한테 평생을 걸어? 너무 고맙고 미안했어. 하지만 고맙고 미안하다는 이유로 내가 네 옆에 있을 수는 없어······.

다시 호주로 가던 날에도 지명이가 나를 공항까지 데려다줬어. 공항으로 가는 길에 지금 내가 왜 호주로 가는 걸까 생각해 봤어. 몇 년 전에 처음 호주로 갈 때에는 그 이유가 '한국이 싫어서'였는데, 이제는 아니야. 한국이야 어떻게 되든 괜찮아. 망하든 말든, 별 감정 없어······. 이제 내가 호주로 가는 건 한국이 싫어서가 아니라 내가 행복해지기 위해서야. 아직 행복해지는 방법은 잘 모르겠지만, 호주에서라면 더 쉬울 거라는 직감이 들었어.

지명이한테 이제 어떻게 할 거냐고 물었지.

"지나 봐야지. 내가 너를 잊을 수 있을지 없을지. 잊지 못하면 내가 호주로 가는 거고, 아니면 여기서 다른 사람을 새로 만날 수도 있고. 어쩌면 네가 다시 돌아올 때까지 내가 너를 계속 기다릴지도 모르지."

개는 고개를 숙이고 이렇게 대답하더라고.

출국장에서 인사를 하고 보안 검색 구역으로 들어갔어. 난 도망치는 게 아니야, 행복을 찾아 모험을 떠나는 거야, 그렇게 생각하려고 애썼어. 이번에는 뒤돌아보지 않았어.

눈에서 눈물이 줄줄 흐르고 있었거든.

7 남십자성

호주로 돌아와서도 여전히 회계사 자리는 구하지 못했어. 낮에는 도일즈에 가서 웨이트리스 일을 하고, 그렇게 모은 돈으로 셰어 하우스의 랜드로드를 했지. 하지 말았어야 했는데. 이번에는 지난번하고는 아주 차원이 다른 곤경에 빠졌거든. 지난번 게 그냥 커피였으면 이번 건 티오피였지. 호주에서 추방될 뻔했으니까. 그 바람에 시민권 신청도 한참 미뤄야 했어.

내 셰어 하우스에서 묵고 싶다며 어느 한국인 워홀러가 여행자수표 일곱 장을 보내왔거든. 자기는 브리즈번에 있는데 다음 주에 시드니에 온다는 거야. 그래서 알았다고 하고 방을 예약해 주고 시티의 쇼핑몰에 있는 환전소로 수표를 환전하러 갔지. 그런데 환전소 아주머니가 환전을 안 해 주고 자꾸

"조금만 더 기다리세요." 그러는 거야.

환전소 앞에 경찰차가 와서는 끼익 소리를 내며 설 때까지도 나는 아싸, 구경거리 생겼네, 하고 경찰차를 보고 있었지. 경찰차는 세단이 아니라 미니 밴이었어. 경찰들이 환전소 안에 들어왔을 때만 해도 나는 '이게 무슨 일인가.' 하고 눈을 멀뚱멀뚱 뜨고 있었지. 경찰이 내 손에 수갑을 채울 때에도.

"당신은 묵비권을 행사할 수 있다! 당신이 하는 말은 법정에서 불리하게 작용할 수 있다! 당신은 변호인을 선임할 권리가 있다!"

"네?"

그러더니 경찰이 나를 끌고 가서는 창문 하나 없는 호송차에 태웠어. 내가 체포된 거야. 혐의는 위조수표 제조 및 유포죄. 난 몰랐는데 그게 호주에서는 엄청 큰 범죄래.

"생각을 해 보세요. 제가 그 위조수표를 만들었다면 미쳤다고 제 연락처를 거기에 쓰고 서명을 하겠어요? 그 수표를 저한테 보낸 사람과 주고받은 이메일이 있다니까요? 자기가 브리즈번에 있다고, 다음 주에 제 집에 머물고 싶다면서 수표를 보내온 거예요. 그 이메일 아이디를 추적하거나, 아니면 함정 수사로 시드니로 오게 하면 되잖아요? 아마 우리 집 하숙생 중에 공범이 있을 거예요. 수표가 제대로 환전이 되는지 안 되는지 연락해 줄……"

철창에 갇혀 있다가 나와서 조사를 받았지. 그런데 이 인간들이 내 말을 믿질 않아. 진범을 잡으려는 의지 자체가 없더라고. 정말 미치고 팔짝 뛰겠더라.

"그건 우리가 알아서 할 겁니다. 키에나 씨는 그냥 우리가 묻는 말에 대답만 하면 됩니다. 다시 묻겠습니다. 이 수표는 어디서 어떻게 만들었죠? 왜 시티에 있는 환전소로 가져갔나요?"

이런 뻔한 사실을 경찰이 의심한다는 게 믿어져? 당황한 얼굴만 봐도 내가 범인이 아니라는 건 쉽게 알 수 있지 않을까? 내가 말한 이메일은 왜 보려 하지 않는 거지?

재인을 통해서 한국계 변호사를 섭외했는데 그 변호사 값이 한 시간에 300달러였어. 취조가 거의 끝날 때쯤 직책이 높아 보이는 경찰이 들어와서 내가 출국 금지 조치됐다고 하더라. 재판은 길면 6개월 정도 걸릴 수도 있다고 하고. 엄청 충격을 받았지. 솔직히 말하면 그때까지도 약간 기대를 품고 있었거든. 경찰들이 일단 압박을 해 보는 거라고, 사실은 자기들도 내가 범인이 아니라는 걸 알고 있다고.

경찰서에서 나올 때 변호사는 내가 중범죄자로 기소될 것 같으니 로펌에 찾아가 제대로 변호사를 선임하라고 하더라고. 백인 변호사로. 내가 가중처벌을 받을 수가 있대. 위조수표 한 장 한 장마다 따로 죄를 묻는다는 거야. 이 무슨 말도 안 되는……

로펌에서 변호사를 선임한 다음에는 아무래도 경찰이 나를 한국인이라고 차별한 거 같다. 처음부터 다짜고짜 유치장에 넣고는 한 시간 동안 아무 설명도 안 해 주고 전화도 못 걸게 했다고 털어놨어. 특히 원래 네 시간인가 여섯 시간인가 이상 구금할 수가 없거든. 그런데 나는 경찰서에 아홉 시간 넘게 있었어. 그랬더니 변호사가 혹시 경찰이 구체적으로 인종 비하 발언을 하진 않았냐고 묻더라. 그런 게 없으면 그냥 얌전히 재판받는 게 낫대.

그 재판받는 것도 참 못할 짓이었어. 그게 한 번에 안 끝나더라고. 법정에 네 번이나 갔어. 주변 사람들은 다 이게 말이 되느냐고, 당연히 무죄판결을 받을 거다 하는데, 재판을 받을수록 '이게 장난이 아니다.' 하는 생각이 드는 거야. 막상 겪어 보니까 호주 경찰이 수준이 되게 낮아. 그렇게 상식적이지가 않아. 그리고 재판에서 무죄판결을 받더라도 기록이 남아서 불이익을 당하거나 아니면 엉뚱하게 주거법 위반 같은 거에 잘못 연루돼서 시민권 못 따게 될 수도 있잖아. 변호사비도 엄청 깨졌지. 로펌 변호사나 판사가 법정에서 하는 말이 하도 어려워서 난 제대로 알아듣지도 못해.

판결일에 경찰들은 모두 정복을 입고 왔어. 훈장을 주렁주

렁 달고 온 사람도 있더라. 재인이 그날 재판 때 같이 와 줬거든. 그런데 옆에서 애가 막 어깨랑 허리를 이상하게 비틀더라. 아직 판사가 나오기 전이었어.

"너 뭐 하는 거야? 왜 몸을 뒤틀어?"

내가 작은 목소리로 재인에게 물었어.

"저 호주 짭새들이 우리 째려보잖아. 나도 야려 주려고."

애가 딴에는 무섭게 보이려고 고개를 이리저리 숙였던 거야. 어이가 없어서 웃고 말았지. 그때 검은 판사복을 입은 여판사가 재판정에 들어왔고, 경찰이랑 변호사가 모두 자리에서 일어났어. 나는 인간 용수철이라도 된 것처럼 자리에서 거의 솟구쳐 올랐지. 판사는 자리에 앉자마자 판결문을 읽어 내려가더라. 대충 검찰이 주장하는 게 말이 안 된다, 설득력 있는 증거가 없다, 그런 내용이었어.

"이 여인에게 잘못이 있다면 외국 문물에 어두워 여행자수표를 꼼꼼히 확인하지 않은 것뿐이라 하겠습니다. 본 법정은 키에나 킴에 대한 공소를 기각합니다."

판결까지는 몇 분 걸리지도 않았어. 경찰들이 똥 씹은 표정으로 나를 째려보면서 나가더라. 이게 뭐야? 이게 끝이야? 나 참 어이가 없어서……

그런 일을 겪은 뒤 한국에 대한 고마움이 생기지 않았느냐고 묻는다면, 별로 그렇진 않았어. 선생님한테 혼난다고 부모님이 고마워지디?

국외자라는 게 참 서럽구나, 그런 생각을 했고, 나는 이곳에서는 평생 국외자겠구나, 그런 체념도 했지. 그런데 난 한국에서도 국외자였어.

나더러 왜 조국을 사랑하지 않느냐고 하던데, 조국도 나를 사랑하지 않았거든. 솔직히 나라는 존재에 무관심했잖아? 나라가 나를 먹여 주고 입혀 주고 지켜 줬다고 하는데, 나도 법 지키고 교육받고 세금 내고 할 건 다 했어.

내 고국은 자기 자신을 사랑했지. 대한민국이라는 나라 그 자체를. 그래서 자기의 영광을 드러내 줄 구성원을 아꼈지. 김연아라든가, 삼성전자라든가. 그리고 못난 사람들한테는 주로 '나라 망신'이라는 딱지를 붙여 줬어. 내가 형편이 어려워서 사람 도리를 못하게 되면 나라가 나를 도와주는 게 아니라 내가 국가의 명예를 걱정해야 한다는 식이지. 내가 외국인을 밀치고 허둥지둥 지하철 빈자리로 달려가면, 내가 왜 지하철에서 그렇게 절박하게 빈자리를 찾는지 그 이유를 이 나라가 궁금해할까? 아닐걸? 그냥 국격이 어쩌고 하는 얘기나 하겠지. 그런 주제에 이 나라는 우리한테 은근히 협박도 많이 했어. 폭탄을 가슴에 품고 북한군 탱크 아래로 들어간 학도병이나, 중동전쟁 나니까 이스라엘로 모인 유대인 이야기를 하면서, 여차하면 나도 그렇게 해야 된다고 눈치를 줬지. 그런데 내가 호주 와서 이스라엘 여행자들 만나서 얘기 들어 보니까 얘들도 걸프전 터졌을 때 미국으로 도망간 사람이 그렇게 많았다더구먼. 학도병들은 어땠을 거 같아? 다들 울면서 죽었을걸? 도망칠 수만 있으면 도망쳤을 거다. 뒤에서 보는 눈이 많으니까 그러지 못한 거지.

나도 알아. 호주가 무슨 천사들이 모여 사는 나라는 아니야. 전에 한번은 트레인에서 어떤 부랑자가 나한테 오더니 "너희 나라로 돌아가." 하고 소리를 지르더라. 시민권 취득 시험이라고, 없던 시험까지 생겼어. 문제도 꽤 어려워. 크리켓 선수 이름 같은 게 막 문제로 나와. 그런데 내가 그 시험 공부하다가 그래도 호주가 한국보다 낫다고 생각한 게 있었지.

애국가 가사 알지? 거기서 뭐라고 해? 하느님이 보우하는 건 내가 아니라 대한민국이라는 나라야. 만세를 누리는 것도 내가 아니라 대한민국이고. 나는 그 나라를 길이 보전하기 위해 있는 사람이야. 호주 국가는 안 그래. 호주 국가는 "호주 사람들이여, 기뻐하세요. 우리들은 젊고 자유로우니까요."라고 시작해. 그리고 "우리는 빛나는 남십자성 아래서 마음과 손을 모아 일한다."고, "끝없는 땅을 나눠 가진다."고 해. 가사가 비교가 안 돼.

시민권 취득 시험에 합격한 다음에 켄트 스트리트에 있는 마을 회관에 가서 선서를 했어. 선서식에 모인 사람들은 50명쯤 됐어. 아시아인 절반, 다른 인종이 절반이더라. 선서식 분위기는 훈훈했어. 시장이 연단에 올라 간단하게 연설을 하고, 선서문을 읽고, 한 사람씩 나가서 시민권 증서를 받았지. 증서를 받는데 눈물을 글썽이는 사람도 있더라. 나는 그 정도까지는 아니었지만, 그래도 '이제 꼭 행복해져야지.' 그런 다짐은 했어.

남십자성 어쩌고 하는 국가는 함께 불렀어. 기념품도 받았지. 오페라하우스가 그려진 엽서랑 무슨 기념 배지 하나, 볼펜 한 자루, 그리고 '베지마이트'라고 된장 같은 냄새가 나는 호주 특산 소스. 호주 사람들은 그걸 빵에 발라 먹어. 난 못 먹겠더라. 맛이 좀 이상해.

증서 수여식이 끝나고 다른 사람들이 다과회에서 친지들과 기념사진을 찍을 때 슬그머니 행사장을 빠져나왔어. 6년 동안 고생한 게 하나하나 생각나서 뭔가 뭉클한 기분인데, 그렇다고 나 이제 호주 사람이다! 이러고 만세를 부르기도 뻘쭘하고.

회계 배울 때 경제학 원론도 같이 배우거든. 거기 비교우위론이라고 나와. 혹시 알아? 농사짓는 나라는 농사만 전문적으로 짓고, 고급 서비스 창출하는 나라는 고급 서비스에 집중하는 게 낫다는 내용인데. 수학적으로 그게 증명이 돼. 그런데 그 이론대로면 농사짓는 나라에서 태어난 사람은 농사만 지어야 하는 건가? 사람은 자기가 일하고 싶은 나라에서 일하지 못하게 하면서 물건 수출입만 자유롭게 허용하자는 주장 좀 이상하지 않아?

난 요즘 '콤파스 데몰리션'이라는 철거 전문 건설 업체에서 일해. 여기서 처음으로 제대로 된 회계 업무를 맡았어.

걸즈 밸리나 도일즈에서 일하다 보면 평생 발전이 없겠다 싶더라고. 급여가 깎이더라도 회계 업무를 배울 수 있는 직장을 찾아 나섰지. 시민권을 딸 즈음에 셰어 하우스 운영도 다른 유학생한테 넘겼어. 수입은 짭짤했지만 너무 위험한 거 같아서.

그렇게 해서 처음으로 구한 일자리는 유학원이었어. 회계라기도 민망한 금전 출납과 장부 기입 업무를 했지. 그다음에는 한국 교민들을 대상으로 한 현지 신문사에서 일했어. 거기선 약간 회계 비슷한 일을 했어.

세 번째로 구한 직장이 여기야. 급여는 도일즈에서 받던 기본급에 팁을 합친 것과 비슷하고, 오전 7시에 출근해서 오후 4시면 칼같이 퇴근해. 회계 소프트웨어도 여기 와서 배웠어. 제일 좋은 건 1년에 휴가가 무려 한 달이라는 거. 와, 회사 다니면서 한 달 쉬어 본 적 있어? 이게 이 회사만 그런 게 아냐.

호주에서는 이게 법이야. 정직원은 무조건 1년 휴가가 한 달이야. 놀랄 노자지?

"급여가 제대로 계산이 되지 않은 것 같아서 전화했는데요."

직원이 50명쯤 되는 회사인데, 내가 회계 겸 총무까지 맡고 있어서 이런 전화도 내 담당이야.

"네, 잠시만요. 이름이 어떻게 되시죠?"

내가 물었지.

"마이클 웅얼웅얼."

"마이클 뭐라고요?"

"웅얼웅얼."

뭐라고 말하는지 정말 안 들리더라. 난 이제 알아. 평생 영어 배워도 이건 못 알아들어. 내가 네이티브 스피커처럼 영어를 하게 되는 날은 안 와.

급여 파일을 열어 계약직 근로자 중에 이름이 마이클인 사람을 찾았어. 마이클이 네 명 있더라.

"혹시 마이클 올로위츠 씨세요?"

"이미 그렇다고 말했는데요."

"죄송합니다. 급여가 제대로 계산이 되지 않았다는 게 무슨 말씀이시죠? 오늘 입금은 되었나요?"

입금은 됐는데 정산이 제대로 안 된 것 같대. 나는 그 사람이 최근에 작업한 두 곳의 현장 이름을 대며 근무표에는 그중 한 곳에서 20시간, 또 한 곳에서 16시간 일한 걸로 나와 있다고 대답했지. 그는 두 곳에서 모두 20시간씩 일했다고 했고, 내가 알아보겠다고 하고 현장 매니저한테 전화를 걸었지. 매니저가 잘못 적었더라고. 내가 실수하는 경우는 없어.

"키에나 선생님? 저 혜미예요."

또 전화가 오기에 마이클 올로위츠한테 온 줄 알았는데, 받고 보니 내가 가르치는 애들 중 한 명이었어. 요즘 주말에는 실버 스트리트에 있는 초등학교에 나가서 교민 2세들을 상대로 한국어를 가르치거든. 이건 그냥 봉사 활동이야. 내가 가르치는 애들은 열 살에서 열세 살까지인데, 여자애들은 그 나이면 벌써 사춘기더라고.

"응, 혜미야. 왜?"

혜미는 딱 인사말까지만 한국어로 더듬더듬 말하더니 바로 영어로 전환했어.

"제가 노래 가사를 해석했는데, 이게 맞는지 좀 여쭤 보려고요. 선생님한테 메일로 보내도 돼요? 잘못 옮긴 부분이 없나 싶어서요."

"메일을 보내는 건 상관없다만…… 또 엑소 노래니?"

"네."

"영어로 옮기면 무의미한 말장난 같은 게 많을 텐데……. 전에 해석한 노래처럼."

"그건 괜찮아요. 고맙습니다! 바로 메일로 보내 드릴게요."

혜미는 그렇게 말하더니 전화를 뚝 끊어 버렸어. 자기 용건에만 집중하기로는 얘나 마이클 올로위츠 아저씨나 똑같네. 이게 서양 사람들의 특징인가 봐.

메일을 확인하러 인터넷에 들어갔다가 그날의 뉴스를 읽게 됐어. 호주 언론에는 도청 사건 관련 기사가 며칠째 이어지고 있어. 호주 정부가 동티모르 정부 청사에 도청 장치를 설치했대. 거기 엄청 가난한 나라 아냐? 호주가 동티모르에 심해 가스전을 개발해 준다고 해 놓고는 협상을 유리하게 이끌려고 대통령 집무실에 도청 장치를 달아서 장관들 회의를 몰래 엿들었다는 거야. 알면 알수록 이 나라도 그리 착한 나라는 아니야.

교민 신문에서는 '묻지마 폭행 사건'이 계속 톱뉴스였어. 어린 호주 애들이 한국 사람들을 노려서 공격한다는 거야. 신문 보도가 호들갑스럽긴 한데, 그래도 무서운 건 사실이지.

작년에 지명이가 결혼한다는 소식을 들었어. 상대는 같은 방송국 아나운서. 기사도 났더라. '○○○ 아나운서, 같은 회사 동료 기자와 결혼'이라고. 사진을 보니까 신부가 나하고는 비교도 안 되게 미인이고 재능 있는 사람 같더라.

나는 재인이랑 느릿느릿 알아 가는 중이야. 얼마 전에는 한국도 같이 갔지. 한국에 가서는 예나 남자 친구도 같이 만났다. 그 남자애가 공연하는 라이브 클럽에 같이 갔지.

라이브 클럽이라지만 규모는 아담해. 그냥 홍대 앞에 흔히 보는 바 한구석에 무대를 만든 거야. 1만 5000원 내고 들어가면 편히 앉아서 인디 밴드 세 그룹의 공연을 두 시간 넘게 즐길 수 있지. 음료수까지 한 잔 마시면서. 내가 속으로 관객 수에 1만 5000원을 곱한 뒤에 클럽에서 가져갈 몫이랑 다른 밴드들이 가져갈 돈을 어림해서 떼 봤거든? 정말 수치가 암담하더라. 그나마도 이번은 유료 공연이었고, 시간표를 보니 무료 공연도 자주 하나 봐. "무료 공연 때에는 가급적 1인 1음료 주문해 주세요."라고 안내문이 붙어 있더라. 사람들이 왜 그래, 진짜? 이런 데 왔으면 한 사람 앞에 콜라 한 잔씩은 좀 시켜. 그게 그렇게 아깝나.

예나가 준 CD를 몇 번 들었거든. 이젠 밴드 분위기는 어느 정도 익숙해. 분명 실력은 있어. 노래도 괜찮고. 하지만 과연 인기를 모을 수 있을지, 그래서 이 밴드 주자들이 보통 직장인만큼 돈을 벌 수 있을지는…… 글쎄. 이 나라에서는 왜 마트 직원이나 밴드 연주자들은 그렇게 살기가 힘든 걸까? 천연자원이 부족해서 그런가?

공연이 끝나고 우리 세 자매랑 재인, 그리고 그 베이시스트가 같이 술을 마셨어. 베이시스트는 술이 약하더라. 재인은

우리 세 자매가 마시는 속도를 따라잡으려다 꽤 취했고. 살짝
흥분한 재인은 허세가 되살아나서 예나 남자 친구를 열심히
설득했어.

"거리 공연도 진짜 많고, 바다 위에서도 공연을 하거든요.
조명 시설이랑 스피커랑 무대를 다 배에 싣고 그 위에서 공연
을 해요. 그게 다 정부에서 돈을 대는 거예요. 어차피 여기서
도 알바를 해야 하잖아요? 호주에서 낮에 물리치료사나 제빵
사 같은 걸 하면……."

"내가 이미 얘들한테 입이 닳도록 권했어. 오기 싫대."

내가 재인의 팔꿈치를 잡으며 말했어.

"오기 싫다고? 왜?"

재인은 이해가 안 간다는 표정이더라.

"조금만 더…… 한국에서 조금만 더 해 보고요."

예나의 남자 친구가 꼬인 혀로 말하더라.

예나 남자 친구는 그래도 이해해. 노래 가사를 한국말로
쓰고 싶다니까. 혜나 언니나 예나가 호주 오기 싫어하는 건
정말 이해를 못하겠어. 혜나 언니는 계속 스타벅스에서 일해.
거기서 한 시간에 얼마 받으려나? 5000원? 좀 오래 했으니까
6000원? 그걸로 한국에서 생활이 돼? 그 돈 모아서 집 살 수
있어? 부모님 병들고 그러면 어떻게 해? 참 이상해. 하루에 여
덟 시간씩 서서 일하고 화장실 변기 닦고 그러는데 연봉 1700

정도는 받아야 하는 거 아냐? 살 수는 있게 해 줘야지. 한창 때 여자가 얼마나 사고 싶은 게 많을 텐데. 군것질도 해야 하고 데이트도 해야 하는데. 혜나 언니는 여기 있으면 시집 잘 가는 수밖에 없어.

예나도 마찬가지야. 걔, 공무원 시험 합격 못해. 이제는 9급 공무원 시험도 고시급이라는데 걔가 그 정도로 밤 새워 공부하고 그러지 않잖아. 그거 합격할 노력이면 호주 영주권 쉽게 딴다. 그리고 호주에서 웨이트리스로 일하는 게 한국에서 동사무소에서 일하는 것보다 나쁘지 않을걸?

"나 내일 시드니에서 중요한 미팅 있다고. 그거 취소되면 당신들이 책임질 거야? 그리고, 국적 상실 신고인지 뭔지 하라고 나한테 알려 준 적 있어?"

재인이 소리를 고래고래 질렀어. "내일 미팅 못 가게 되면 아주 알아서들 해! 손해배상 청구할 거니까!"라고 걔가 말하는데 난 옆에서 쪽팔려 죽는 줄 알았다. 출입국 관리소 직원도 얼굴이 썩었어. '개진상 걸렸네.' 딱 이런 표정이야.

"야, 목소리 좀 낮춰. 우리가 잘한 것도 아니잖아."

내가 속삭이니까 애는 한다는 소리가, 우리는 호주 사람이니까 무슨 일이 생겨도 호주 정부가 보호해 줄 거래.

출국 심사를 받을 때 한국 여권이 아니라 호주 여권을 제시했거든. 그랬더니 전산 기록상으로는 한국에 들어온 적이 없는 호주인이 한국에서 출국하는 상황이 된 거야. 한국에 들어올 때 한국 여권으로 들어왔으면 나갈 때도 한국 여권으로 나가야 이중 국적이 들통 나지 않는다는 걸 몰랐어.

항공권을 살 때 호주 여권으로 샀기 때문에 그래야 하는 줄 알았어. 콴타스항공이니까 한국 여권보다는 호주 여권을 보여 주는 게 유리하다고 재인이 어디서 헛소문을 주워들어 왔고, 난 그냥 그 말을 믿었지. 그 바람에 재인이랑 사이좋게 출국 심사대에서 끌려 나갔어. 출입국 관리소 사무실의 의자에 앉을 때까지는 거의 범죄자 취급이더라. 엄지부터 새끼까지 열 손가락 지문도 찍었어.

"오늘은 출국 못하시는 걸로 아세요. 빠르면 내일 비행기를 탈 수 있을 겁니다."

거기 직원 말에 재인이 폭발했어.

"당신들이 나한테 국적 상실 신고하라고 안내장 한 장 보내 줬어? 내가 버젓이 한국 집 주소가 있고 연락처가 있는데 연락 한번 하지 않아 놓고, 뭐?"

나는 옆에서 쪽팔려서 가만히 있는데 재인은 이걸 인터넷에 올리네 어쩌네 하며 고래고래 악을 썼어.

"국적 상실자 담당하시는 분이 공항에 없어서 그래요. 윤재인 씨는 병역 문제도 있고……."

"국적 상실 담당하는 사람이 공항에 있어야지, 없다는 게 말이 돼?"

"아니, 그렇게 소리 지르지 마시고 잠깐만 기다려 보세요."

그렇게 생떼거리를 30분 가까이 썼더니 출입국 관리소 직원이 똥 씹은 얼굴로 종이 한 장을 들고 오더라.

"여기 샘플이 한 장 있어요. 두 분이 바쁘시다니까 특별히 봐드리는 겁니다. 여기 써 있는 문구를 자필로 옮겨 적으시고 서명하시면 돼요. 다른 나라 국적을 취득함과 동시에 한국 국적 상실 신고를 해야 함에도 불구하고 그러지 않았기 때문에 벌금을 내겠다는 내용이에요."

"벌금이 얼마인데요?"

"200만 원입니다. 두 분 모두요."

"못 내, 못 내. 나 이거 고소할래. 뭘 다짜고짜 사람 붙잡고는 벌금을 내래? 강도야?"

내가 '이제 그만하자.'는 의미로 재인을 노려보았는데 이 또라이 녀석은 굽힐 줄을 모르는 거야. 그러니까 출입국 관리소 직원이 인상 구기더니 "그럼 벌금 부분은 빼고 쓰세요."라고 하더라고.

엥?

"벌금 안 내도 돼요?"

내가 어리벙벙해져서 물었지.

"그냥 벌금이 적힌 문장을 빼고, 이 상황에 대해 죄송스럽게 생각하며 앞으로는 성실하게 출입국 관리에 임하겠다는 부분만 쓰세요."

"벌금 안 내도 돼요?"

재인도 다시 물었어.

"네."

출입국 관리소 직원이 마지못한 말투로 말했어.

"그러면 아까는 왜 벌금 내라고 했어요?"

"이게 입국이면 예외가 없는 건데 출국 상황이라서 특별히 예외로 하는 거예요."

이게 말이 되나……. 그냥 대충 지어낸 설명인 게 뻔히 보여. 그래도 뭘 어째. 그냥 그런가 보다 해야지. 우리는 서약서를 쓰고 지장을 찍었어. 재인은 "여기서 시간 낭비했으니까 다시 출국 심사 받을 때에는 줄 안 서고 그냥 통과하게 해 줘요."라고 떼를 쓰더라. 결국 거기 직원이 우리를 에스코트해서 면세점 앞까지 데려다줬어.

재인이 뻐기면서 "한국에서는 아직 목소리 큰 게 통해. 돈 없고 빽 없는 애들은 악이라도 써야 되는 거야."라고 하더라. 하, 정말 그런 거야? 돈 있고 빽 있고 막 떼쓰고 그러면 안 되는 것도 되고 막 그러는 거야, 여기서는? 돈도 없고 빽도 없고 악다구니도 못 쓰는 사람은 그러면 어떻게 해야 돼?

"보딩 시간까지 아직 30분 남았네. 얼른 면세점 둘러보자."

출입국 관리소 직원이 채 몇 걸음 가기도 전에 재인이 씩 웃으면서 말하더라. 내가 어이가 없어서 입을 벌리고 있는 사이 그 녀석은 신이 나서 면세 담배랑 면세 주류 코너로 달려갔어. 그거 사 가면 유학생들한테 팔 수 있거든.

재인이 면세점 둘러보는 동안 나는 휴대폰으로 오랜만에 '호주나라'랑 다른 교민 커뮤니티에 들어갔어. 국적 상실 신고 해야 되나 말아야 되나 싶어서. 나랑 비슷한 질문을 누가 올려놓긴 했더라고. 그런데 답은 없어. 댓글은 잔뜩 달렸는데다 시민권 취득 부럽다, 정보 좀 공유해 달라, 쪽지 보냈는데 확인 좀 해 달라, 이런 거야. 농담인지 진담인지 결혼했느냐고, 결혼 안 했으면 만나 보고 싶다고 묻는 댓글도 있고.

호주나라 게시판은 7년 전이나 지금이나 똑같더라. 워홀러랑 유학생이랑 교민들이랑 싸우는 거, 그리고 영사관 직원 불친절하다고 성토하는 거. 워홀러들은 최저임금 안 주는 교민들한테 인생 그렇게 살지 말라고 욕하고, 교민들은 그거라도 주는 게 어디냐, 한국 학생들 불쌍해서 거둬 주는데 무책임하고 싸가지 없다, 그렇게 반박하고. '엄혹한 전두환 정권 시절 미친 나라를 떠나 호주로 온 사람'이라고 글을 시작해서 만날 한국 욕하는 교민 아저씨도 7년째 그대로네. 엄혹한 전두환 정권 시절 미친 나라를 떠나 호주에 왔으면 이제 그만 한국 좀 잊어. 애들이 영어 못한다고 최저임금 안 주는 교민들, 당신들은 쓰레기야. 그리고 인터넷에서 교민 욕하는 워홀러들아, 너희들은 그 시간에 영어 공부 좀 하렴.

비행기를 탈 때 한국 신문을 하나 집어 들었어. 정치 기사는 대충 넘겼고, 경제 칼럼을 정독했지. 그런 거 읽다 보면 영어로 배운 경제 용어나 회계 용어가 한국어로 어떻게 되는지 알 수 있어서 유용하거든. 초저금리 시대를 어떻게 살아야 하나 그런 내용이 나왔더라고. 자산이 있다고 안심하지 말고, 현금흐름을 잘 관리해야 한다는 조언이 있더라. 매달 100만 원씩 들어오는 수입이랑 자산 7억 원을 같은 거라고 생각해야 한대.

거기까지 읽었을 때 백인 승무원이 옆에서 식사는 어떻게 하겠느냐고 물었어. 뭐가 있느냐고 물어보고 닭고기 요리로 하겠다고, 혹시 맥주도 줄 수 있으면 달라고 요청했지.

밥을 먹는 동안 나는 행복도 돈과 같은 게 아닐까 하는 생각을 했어. 행복에도 '자산성 행복'과 '현금흐름성 행복'이 있는 거야. 어떤 행복은 뭔가를 성취하는 데서 오는 거야. 그러면 그걸 성취했다는 기억이 계속 남아서 사람을 오랫동안 조금 행복하게 만들어 줘. 그게 자산성 행복이야. 어떤 사람은 그런 행복 자산의 이자가 되게 높아. 지명이가 그런 애야. '내가 난관을 뚫고 기자가 되었다.'는 기억에서 매일 행복감이 조금씩 흘러나와. 그래서 늦게까지 일하고 몸이 녹초가 되어도 남들보다 잘 버틸 수 있는 거야.

어떤 사람은 정반대지. 이런 사람들은 행복의 금리가 낮아서, 행복 자산에서 이자가 거의 발생하지 않아. 이런 사람은 현금흐름성 행복을 많이 창출해야 돼. 그게 엘리야. 걔는 정말 순간순간을 살았지.

여기까지 생각하니까 갑자기 많은 수수께끼가 풀리는 듯하더라고. 내가 왜 지명이나 엘리처럼 살 수 없었는지, 내가 왜 한국에서 살면 행복해지기 어렵다고 생각했는지.

나는 지명이도 아니고 엘리도 아니야. 나한테는 자산성 행복도 중요하고, 현금흐름성 행복도 중요해. 그런데 나는 한국에서 나한테 필요한 만큼 현금흐름성 행복을 창출하기가 어려웠어. 나도 본능적으로 알았던 거지. 나는 이 나라 사람들 평균 수준의 행복 현금흐름으로는 살기 어렵다, 매일 한 끼만 먹고 살라는 거나 마찬가지다, 하는 걸.

미연이나 은혜한테 이런 걸 알려 주면 좋을 텐데. 걔들은 방향을 완전히 잘못 잡고 있어. 시어머니나 자기 회사를 아무리 미워하고 욕해 봤자 자산성 행복도, 현금흐름성 행복도 높아지지 않아. 한국 사람들이 대부분 이렇지 않나. 자기 행복을 아끼다 못해 어디 깊은 곳에 꽁꽁 싸 놓지. 그리고 자기 행복이 아닌 남의 불행을 원동력 삼아 하루하루를 버티는 거야. 집 사느라 빚 잔뜩 지고 현금이 없어서 절절 매는 거랑 똑같지 뭐.

어떤 사람들은 일부러라도 남을 불행하게 만들려고 해. 가게에서 진상 떠는 거, 며느리 괴롭히는 거, 부하 직원 못살게 구는 거, 그게 다 이 맥락 아닐까? 아주 사람 취급을 안 해 주잖아.

난 그렇게 살지 못해. 그렇게 살고 싶지도 않고.

정말 우스운 게, 사실 젊은 애들이 호주로 오려는 이유가 바로 그 사람대접 받으려고 그러는 거야. 접시를 닦으며 살아도 호주가 좋다 이거지. 사람대접을 받으니까.

한국에서는 수도권 대학 나온 애들은 지방대 나온 애들 대접 안 해 주고, 인서울대학 나온 애들은 수도권 대학 취급 안 해 주고, SKY 나온 애들은 인서울을, 서울대 나온 애들은 연고대를 무시하잖아. 그러니까 지방대 나온 애들, 수도권 나온 애들, 인서울 나온 애들, 연고대 나온 애들이 다 재수를 하든지 한국을 떠나고 싶어 하지. 아마 서울대 안에서는 법대가 농대 무시하고 과학고 출신이 일반고 출신 무시하고 그러겠지.

그런데, 그 근성 못 고치면 어딜 가도 똑같아. 호주에 와서 교민이 유학생 무시하고 유학생이 워홀러 무시하는 식으로 이어져. 그 근성 고치려면 자산성 행복을 좀 버리고, 현금흐름성 행복을 창출해야 해.

잊기 전에 말해 놔야겠다 싶어서 옆자리 앉은 재인이한테 얼른 자산성 행복과 현금흐름성 행복에 대해 설명해 줬어.

"난 현금흐름성 행복이 아주 중요한 사람이야. 그러니까 한 번 잘해 줬다고 그게 며칠 가겠지, 그렇게 생각하면 안 돼. 계속 꾸준히 상냥하게 대하고 칭찬해 주고 맛있는 거 먹이고 그래야 돼. 대신 뭘 크게 잘해 줄 필요는 없어. 무슨 이벤트 그런 건 안 열어도 돼. 무슨 말인지 알겠어?"

"음, 알았어!"

재인이 엄지손가락을 세우면서 알았다고 하는데 솔직히 미덥지는 않더라.

입국 심사대 직원은 무표정하게 내 여권을 받아서 슬쩍 보고 도장을 찍었어.

"해브 어 나이스 데이."

여권을 돌려받을 때 내가 말했지. 이민국 직원이 고개를 까딱하며 살짝 웃더라. 난 이제 "해브 어 나이스 데이."가 어떤 때에는 냉소적인 의미로 쓰인다는 걸 알아. 미국에서 점원들이 주로 쓰는 인사라 영국이나 유럽 사람들은 이 말이 좀 웃긴다고 여기는 것도. 하지만 나는 이날부터 이 인사를 좋아하게 됐어. 그날그날의 현금흐름성 행복을 강조하는 말 같아서.

공항을 나오니까 적당히 시원하고 적당히 따뜻한 바람이 불어. 햇빛이 쨍쨍해서 난 또 고개를 들 수가 없어. 선글라스를 끼면서 혼자 작은 목소리로 중얼거렸지. 나 자신에게.

"해브 어 나이스 데이."

그리고 속으로 결심의 말을 덧붙였어.

난 이제부터 진짜 행복해질 거야, 라고.

작가의 말

이 글을 쓰기 위해 호주에서 공부한 HJ와 호주 시민권을 취득한 P님을 인터뷰했습니다. 소설 속 많은 에피소드가 두 분의 실화에 바탕을 둔 것입니다. 두 분께 크게 감사드립니다.

강태호 작가님의 『호주 워킹홀리데이 완전정복 Q&A 그리고 그에 관한 독설』과 블로그도 큰 참고가 되었습니다. 강 작가님은 책과 블로그에서 '우리는 속으로 일본인 ― 한국인 ― 중국인 ― 동남아인 순서로 동양인의 순위를 매기지만 서양인들은 아예 구분을 못한다.'고 비판했습니다.* 이것이 제 소설에서 인도네시아인 리키의 에피소드로 발전했습니다. 작중 리키는 이런 비판을 대사로 말하기도 합니다.

"워킹홀리데이 비자 승인 메일은 직접 해석하고 가라."는

---

* kth2337.tistory.com/368 참고.

강 작가님의 독설 역시 유학원 풍경을 묘사하는 데 단초가 되었습니다.

박지용의 『호주 유학 이민 사용설명서』, 류수연 김홍기의 『서니 사이드 시드니』, 인터넷 사이트 호주나라(www.hojunara.com) 게시판도 소설을 쓰는 데 많은 참고가 되었습니다.

디즈니 그림 명작 전집 『추위를 싫어한 펭귄』의 내용은 거의 그대로 요약해서 이 소설에서 소개했습니다.

"나더러 왜 조국을 사랑하지 않느냐고 하던데, 조국도 나를 사랑하지 않았거든."이라는 계나의 말은 영화 「람보 2」 마지막 장면에서 존 람보의 대사를 비튼 것입니다. "For our country to love us as much as we love it. That's what I want."라는 대사입니다.

"엄혹한 전두환 정권 시절 미친 나라를 떠나"라는 표현은 어느 교포 분의 블로그에서 읽은 비슷한 구절에서 아이디어를 얻은 것입니다. 제가 지금 그 주소를 못 찾고 있는데, 읽을거리와 통찰이 많았던 블로그로 기억합니다.

언제나 응원과 조언을 아끼지 않아 준 HJ, 좋은 기회를 주신 강미영 편집자님, 해설을 써 주신 허희 평론가님, 그리고 함께 글을 고민해 준 박혜진 편집자님과 민음사 관계자 분들께 감사드립니다.

2015년 봄에, 장강명

사육장 너머로

허희(문학평론가)

1 국민을 내쫓는 국가

경기도 화성 씨랜드 청소년 수련원에 화재가 발생한 것은 1999년 6월 30일 새벽이었다. 샌드위치 패널로 지어진 불법 조립식 건물은 유독 가스를 내뿜었다. 화재경보기는 불량이었다. 한 시간이 지나서야 신고가 접수되었고 소방서는 멀리 떨어져 있었다. 유치원생 열아홉 명과 인솔 교사 네 명이 숨졌다. 여섯 살 된 아들의 사망 소식을 듣고 한 어머니가 실신했다. 그녀는 전 필드하키 국가 대표 선수이자 88올림픽과 아시안게임 메달리스트였다. 세계에 한국을 자기 자신으로 자랑스럽게 표상하던 어머니는 조국을 신뢰했다. 그러나 정부는 사고 대책과 진상 규명 대신, 책임 회피와 사건 축소에 힘을 쏟았다. 더 이상 그녀는 이 땅에서 살아야 할 이유를 발견하지 못했다. 그해 11월 어머니는 뉴질랜드 이민을 가기로 마음을 굳혔다. 국가 대표 선수로 딴 메달과 훈장은 국가에 반납했다. 이 나라가, 이 나라이던 어머니를 저버렸기 때문이다. 믿음을 저버린 쪽은 그녀가 아니라 한국이었다. 그리고 15년 뒤, 똑같은 일이 반복되었다.

참척의 아픔을 이해한다고 감히 나는 말하지 못하겠다. 조금 헤아려 보려는 시도만으로도 슬픔과 분노를 도무지 참아 낼 수가 없다. 다만 그동안 보고 듣고 느끼고 생각한 바를 종합하여, 한국인이 한국을 등진다는 말이 틀렸음은 단언할 수 있다. 오히려 한국이 한국인을 나가라고 등 떠미는 상황이다. 마침내 한국을 떠나기로 결심한, 실은 한국이 떠나라고 부추긴 『한국이 싫어서』의 '계나'는 이렇게 말한다. "왜 한국을 떠났느냐. 두 마디로 요약하면 '한국이 싫어서'지. 세 마디로 줄이면 '여기서는 못 살겠어서.'" 그녀에게 인내심이 부족하다느니, 고생을 덜 해 봤다느니 식의 비난은 하지 말자. 돌고 돌아 결국 자기 계발로 귀결되는 꼰대의 무의미한 언사는 이미 차고 넘친다. 의미 있는 논평을 하고 싶다면 우선 계나의 이야기부터 잘 들을 필요가 있다. 그러고 나서 해법을 모색하는 대화를 함께 해 보자는 것이다. 그녀가 반말체로 친근하게 말을 건네는 상대도 미지의 누군가가 아니라 독자인 우리니까.

　무엇보다 나는 이 작품을 쓴 작가가 장편 『표백』으로 등단한 '장강명'임을 강조하고 싶다. 나는 그의 데뷔작을 또렷이 기억한다. 아무것도 색칠할 수 없는 흰 그림 같은 세상에서 청년 세대는 표백되어 간다. 그들은 본인의 피로 하얀 전쟁터를 물들인다. 오늘날 젊은 날의 초상은 스스로의 존재를 오직 죽음으로써만 선언하는 붓질로밖에 그려지지 않는다. 『표백』을 읽는 내내, 소설과 거리를 두는 데 실패했다. 당시 20대였던 나는 희망 없이 오래 살기보다, 절망 없이 일찍 죽어야겠다고 작심하고 있었기 때문이다. 그러던 와중에 이 작품을 접했고, 이 글을 쓰는 현재 나는 여전히 살아 있다. 완전한 전회라고 하기는 어려울지도 모른다. 그렇지만 소설과 관련된 어떤 계기로 인해, 내 안의 무언가가 변화되었다는 것 또한 부인하기 어려울 듯하다. 이러한 경험에 비추어 보건대, 장강명은 독서 이전과 이후, 독자의 삶을 과거와는 다른 곳으로 옮겨 놓는 능력을 지닌 작가 중 한 명이다. 그가 공들여 쓴 『한국이 싫어서』를 완독한 당신 역시 읽기 전과 읽은 후, 나처럼 (무)의식적으로 바뀐 부분이 있을 것 같다. 그것을 찾는 작은 발판으로 나의 짧은 독해가 쓰였으면 좋겠다.

2 정글 — 축사 — 한국

계나는 20대 후반의 여성이다. 졸업 후 무직 기간 없이 취업이 된 그녀는 3년째 금융회사에 근무하고 있고, 대학 1학년 때 만나 지금까지 사귄 "예의 바르고, 허세 부리는 거 없고, 목표가 뚜렷"한 남자 친구 '지명'도 있다. 이 정도 조건이면 이곳에서 버티고 살아갈 만하다고 여기는 사람이 많을 것이다. 계나의 형편은 적어도 나보다 나아 보인다. 하지만 그녀는 한국에서 이룬 전부를 내려놓고 호주로 가기로 작정한다. 도대체 무엇이 계나로 하여금 자기가 태어난 나라에서의 삶을 견딜 수 없도록 압박했는가. 그러니까 그녀는 왜 한국을 떠났는가. 위에 짤막하게 그 답 — "한국이 싫어서", "여기서는 못 살겠어서" — 을 옮겨 적었다. 이외에 계나는 여러 군데에서 이민을 선택한 까닭을 밝힌다.

① 난 정말 한국에서는 경쟁력이 없는 인간이야. 무슨 멸종돼야 할 동물 같아. 추위도 너무 잘 타고, 뭘 치열하게 목숨 걸고 하지도 못하고, 물려받은 것도 개뿔 없고. 그런 주제에 까다롭기는 또 더럽게 까다로워요. 직장은 통근 거리가 중요하다느니, 사는 곳 주변에 문화시설이 많으면 좋겠다느니, 하는 일은 자아를 실현할 수 있는 거면 좋겠다느니, 막 그런 걸

따져.

──11쪽

　② 한국에서는 딱히 비전이 없으니까. 명문대를 나온 것도 아니고, 집도 지지리 가난하고, 그렇다고 내가 김태희처럼 생긴 것도 아니고. 나 이대로 한국에서 계속 살면 나중엔 지하철 돌아다니면서 폐지 주위야 돼.

──44쪽

①과 ②의 내용을 반대로 읽어보면, 한국에서 비전과 경쟁력이 있는 인재가 어떠한가를 알 수 있다. 이것은 계나의 편견이 아니다. 모두가 알고 있되, 차마 입 밖으로 자주 꺼내지 않는 상식이다. 이를테면 물려받을 만한 경제력을 지닌 부모가 있거나(재력), 명문대를 나왔다거나(학력), 빼어난 외모(체력)라도 타고 났든가 해야 한다. 그나마 이 중에 하나라도 있어야 노년에 빈궁을 면할 여지가 생긴다. 심각한 문제다. 한데 이보다 큰 문제가 있다. 생득적인 재력이 전제되면, 사교육과 성형을 통해 학력과 체력은 후천적으로 쉽게 얻어진다는 사실이다. 타고난 재력이 없다면, 나머지는 그저 운에 맡기는 수밖에 없다. 날이 갈수록 인생 역전을 빌며 매주 복권 사는 사람만 는다. 공정에 기댈 수 없는 사회에서, 우연에 기대는 현

상의 증가는 필연이다.

그 자체가 문제가 된 현실은 최악을 향해 나아간다. 처지에 상관없이 우리는 '세습자본주의(patrimonial capitalism) ─ 토마 피케티, 『21세기 자본』의 동일한 도정에 있다. 그 안에서 각자 열심히 노력해 보라는 조언은 전혀 도움이 되지 않는다. 행운을 빈다는 책임 없는 인사와 마찬가지다. 이는 게나의 말마따나 톰슨가젤한테 사자와 맞서 싸워 보라는 종용이다. 아니 톰슨가젤더러 어째서 너는 사자가 되지 못하느냐고, 환골탈태해서 사자가 되라는 불가능한 강요인 것이다. 그렇지 않아도 한국은 약육강식의 정글이었는데, 이제는 육식동물이 아니면 아예 살아남을 수 없는 정글이 되었다. 여기에서 초식동물이 어떻게든 도망쳐 삶의 터전을 옮기려는 행동은 당연한 방어기제다. 초식동물이 사라지고 나면, 남은 육식동물끼리 잡고 잡아먹히는 대혈투가 벌어지리라.

①에서 게나는 자기가 까다롭다고 고백한다. 통근 거리가 가까운 직장과, 주변에 문화시설이 많이 들어선 거주지와, 자아실현을 할 수 있는 직업을 원하기 때문이다. 단도직입으로 묻자. 그녀가 까다로운가? 아직 세상물정을 몰라서 바라는 게 과한가? 사기업 운영 방침으로 한국을 (잘못) 경영한 대통령의 발언대로 요즘 젊은이들의 눈높이가 너무 높은가? 만약 그렇다고 대답한다면 상호 토론의 자리를 열어야 하리라. 아

무리 기나길고 지난한 과정일지라도, 있는 힘을 다해 나는 상대측을 설득-투쟁할 것이다.

진짜 까다로운 주체는 누구인가. 계나 스스로 자신을 까다롭다고 수긍하게 만든, 내면화된 '사육 이데올로기'가 아닐까. 소나 돼지인 양, 축사에 가두어져 주인이 주는 대로만 먹고 살다가, 돈으로 교환되어야 한다는 길들임의 체제가 한국에서 스스럼없이 작동하고 있다. 거기에서 창출된 이득은 주인에게만 온전히 돌아간다. 그러면 누가 주인이고, 누가 가축인가. 외양만 보면 구별되지 않지만 방법은 간단하다. 사육 이데올로기를 조장하는 편이 주인이고, 사육 이데올로기를 수용하는 편이 가축이다. 배분되는 사료에 만족하라고, 울타리 바깥으로 나가면 위험하다고 소리 높여 주장하는 사람을 눈여겨봐야 한다. 그가 바로 주인이자 거꾸러뜨릴 대상이다.

정글과 축사는 상반된 공간으로 간주된다. 정글은 경쟁하여 생존하는 장이고, 축사는 관리되어 생존하는 장이다. 그런데 정글의 법칙과 축사의 논리가 한국에서는 혼용되어 나타난다. 가장 부정적인 점만 취합한 방식이다. 본래 양자는 가치 판단의 영역에 속하지 않는다. 가령 자연 상태에서 개체가 서로 각축을 벌이며 적자생존을 도모하는 것(정글의 법칙)과, 인공 상태에서 특정 개체를 번식시켜 양적 생산을 증대하는 것(축사의 논리)은 좋고 나쁨·옳고 그름의 구별이 적용되지 않는

다. 물론 후자의 경우는 채산성을 과도하게 높이려는 욕심 탓에 시설 내 과밀화 등 개선해야 할 난점이 적지 않다. 허나 축산의 대량산업화 시기를 거슬러 올라가면, 그것이 인류의 역사 전개와 결부된 유구한 기원에 바탕하고 있음을 확인할 수 있다. 해악은 두 가지가 기묘하게 결합될 때 퍼진다.

가까이에서 보면 정글이고, 멀리서 보면 축사인 장소가 한국이다. 치열하게 아귀다툼하는 사방에 커다란 울타리가 쳐져 있다. 이곳의 주인은 약자를 홀대하고 강자를 우대한다. 그는 차별적 포함과 배제의 메커니즘으로 담장 안쪽의 모든 이를 통제하고 순종시킨다. 자유를 영위하며 사는 줄 알았던 곳이 실제로는 거대한 사육장이었던 셈이다. 그러므로 우리는 다양한 형태로 우리에서의 탈출을 꿈꾸고 결단하지 않으면 안 된다. 계나는 호주 이민이라는 계획을 실천에 옮기고, 친구들은 "정말? 대단하다, 멋지다."라고 감탄만 한다. 안주하지 않고 결행함으로써 그녀는 또래와 엇비슷한 생활을 새롭게 재구성할 수 있는 가능성에 도전한다. 과연 계나는 먹고 사는 데 급급한 생존을 존재하는 삶으로 전환할 수 있을까.

3 다른 나라에서

　호기롭게 호주로 왔으나 계나의 일상은 순탄하지 않다. 예상을 뒤엎는 새삼스러운 반전이 아니다. 낙원이란 어디에도 실재하지 않음을 우리는 안다. 작가 김사과는 천국처럼 위장된 이 세계 전체가 위계화된 지옥임을 장편 『천국에서』를 통해 묘파한 적이 있다. 정글―축사인 한국을 벗어나면 또 다른 정글―축사인 이국(異國)이 있을 뿐이다. 그나마 형편이 좀 더 나은 곳으로 가려고 해도 국경이 이동을 가로막는다. 자본과 달리 사람이 월경할 때는 막대한 대가를 지불해야 한다. 비행기 운항 요금 따위가 아니라, 자기 신체를 둘러싼 법적 자장, 권리와 의무를 모조리 내놓는 것이다. 이들은 날 것 그대로의 생명을 내걸고 국경을 넘는다. 벌거벗은 상태로, "피를 흘리며". 그렇게 가까스로 도착한 타국에서 계나는 어떻게 살았던가.

　당시에 나는 다른 한국인은 한 명도 없는 셰어 하우스에서 살았는데, 거긴 정말 최악이었어. 거실에 커튼처럼 천막을 치고 작은 공간을 만들어 거기에 침대를 놓고 살았거든. 막상 살아 보니 방에서 사는 것과 거실에서 사는 게 크게 달라. 거실에서는 다른 사람들이 떠드는 소리가 그대로 들어왔고, 누

군가 불쑥 천을 들추고 안으로 들어올 것 같은 두려움에 늘
시달렸어.

—88쪽

2000년대 한국 소설에 등장한 이주노동자의 살림과 유사
한 모습이다. 부푼 희망을 안고 호주에 온 그녀를 비롯한 한
국인들은 고국에서보다 도리어 궁핍하게 산다. 영어가 능숙하
지 않아 빌딩 청소 등 고된 육체노동을 하면서 영주권과 시민
권을 취득하기 위해 아등바등한다. 터전을 옮겨도 생존은 삶
의 국면으로 바뀌지 않는다. 드디어 열망하던 호주 국민이 되
어, 회계 업무를 맡은 직장에서 사무원으로 근무하게 된 계
나도 다르지 않다. 마지막에 그녀는 한국에서 출국해 호주로
귀국하며 "난 이제부터 진짜 행복해질 거야."라고 다짐한다.
이쯤에서 계나에게 미안하다는 말을 전해야겠다. 나는 그녀
가 결코 행복해질 수 없다고 확신한다. 뭔가를 성취한 기억으
로 조금씩 오랫동안 행복감을 느끼는 '자산성 행복'이든, 어
떤 순간 짜릿한 행복감을 느끼는 '현금흐름성 행복'이든, 효율
성의 잣대로 손익을 계산하는 한 계나는 행복할 수 없다. 예
를 들어 이런 것이다. 동생 '예나'가 사귀는, 밴드에서 베이스
를 연주한다는 남자 친구를 평가하는 그녀를 보라. 계나는
본인이 여태껏 냉소적으로 비판하던 사람들과 놀라울 만큼

닮아 있다.

그녀는 쉽게 행복해지기 위해 호주 이민을 단행했다고 말한다. 솔직하고 구체적인 속내는 이렇다. "내가 호주에 간 것은 내 신분이 오를 가능성이 있는 방향으로 한 일이야." 지명의 가족에게서 신분 차이의 굴욕을 절감했으므로, 게나는 신분 상승이야말로 행복해지는 지름길이라고 신봉하게 되었는지도 모른다. 경제적 감각에 침윤된 관점이 변하지 않으면 그녀는 틀림없이 불행해진다.

앞에서 나는 다양한 형태로 우리에서의 탈출을 꿈꾸고 결단해야 한다고 썼다. 탈출은 어디인가로 도피하는 행위만을 의미하지 않는다. 실상 한국 사육장의 외부에는 외국 사육장이 있을 따름이다. 달아나도 가축으로밖에 생존할 수 없다. 언어와 문화가 상이할수록 그렇게 살 확률은 커진다. 그렇다면 진정한 탈출이란 무엇인가. 그것은 사육장 내에서 가축이라는 포박을 풀어내는 데 달려 있다. 사육 이데올로기를 온몸으로 거부하고, 사육장의 주인을 쫓아내야 한다. 게나는 반문할 것이다. "도망치지 않고 맞서 싸워서 이기는 게 멋있다는 건 나도 아는데……. 그래서, 뭐 어떻게 해? 다른 동료 톰슨가젤들이랑 연대해서 사자랑 맞짱이라도 떠?" 나는 답변할 것이다. "톰슨가젤들이랑 사자랑 맞짱뜨자는 게 아니야. 톰슨가젤들이랑 사자랑 연대해서 우리를 부숴버리자는 거지." 이것이 사육장 너머를 지향하는 내가 최종적으로 도출한 방안이다. 입때껏 계나와 나의 이야기를 듣고 난 당신의 견해가 궁금하다. 자, 담화를 시작해 보자.

오늘의
젊은 작가
07

한국이 싫어서

장강명 장편소설

1판 1쇄 펴냄 2015년 5월 8일
1판 37쇄 펴냄 2024년 10월 14일

지은이   장강명
발행인   박근섭·박상준
펴낸곳   (주)민음사

출판등록   1966. 5. 19. 제16-490호
주소   서울특별시 강남구 도산대로1길 62(신사동)
           강남출판문화센터 5층 (우편번호 06027)
대표전화   02-515-2000 | 팩시밀리 02-515-2007
홈페이지   www.minumsa.com

ISBN   978-89-374-7307-4 (04810)
ISBN   978-89-374-7300-5 (세트)